MANUEL BANDEIRA

Conselho Editorial

Alcino Leite Neto
Ana Luisa Astiz
Antonio Manuel Teixeira Mendes
Arthur Nestrovski
Carlos Heitor Cony
Gilson Schwartz
Marcelo Coelho
Marcelo Leite
Otavio Frias Filho
Paula Cesarino Costa

FOLHA
EXPLICA

MANUEL BANDEIRA
MURILO MARCONDES DE MOURA

PubliFolha

© 2001 Publifolha – Divisão de Publicações da Empresa Folha da Manhã Ltda.
© 2001 Murilo Marcondes de Moura

Todos os direitos reservados. Nenhuma parte desta publicação pode ser reproduzida, arquivada ou transmitida de nenhuma forma ou por nenhum meio sem permissão expressa e por escrito da Publifolha – Divisão de Publicações da Empresa Folha da Manhã Ltda.

Editor
Arthur Nestrovski

Assistência editorial
Paulo Nascimento Verano
Marcelo Ferlin Assami

Capa e projeto gráfico
Silvia Ribeiro

Assistência de produção gráfica
Soraia Pauli Scarpa

Revisão
Mário Vilela

Imagens
Acervo particular de Arthur Nestrovski (p. 85 e 97); Folha Imagem (p. 6)

Editoração eletrônica
Picture studio & fotolito

Dados internacionais de Catalogação na Publicação (CIP)
(Câmara Brasileira do Livro, SP, Brasil)

Moura, Murilo Marcondes de
    Manuel Bandeira / Murilo Marcondes de Moura. –
São Paulo : Publifolha, 2001. – (Série Folha explica)

    Bibliografia.
    ISBN 85-7402-335-3

    1. Bandeira, Manuel, 1886-1968 - Crítica e interpretação 2. Poesia brasileira - História e crítica I. Título. II. Série.

01-5364   CDD-869.9109

Índices para catálogo sistemático:
1. Poesia : Literatura brasileira : História e crítica   869.9109
2. Poetas brasileiros : Apreciação crítica   869.9109

PUBLIFOLHA
Divisão de Publicações do Grupo Folha

Av. Dr. Vieira de Carvalho, 40, 11º andar, CEP 01210-010, São Paulo, SP
Tel.: (11) 3351-6341/6342/6343/6344 – Site: www.publifolha.com.br

Os leitores interessados em fazer sugestões podem escrever para Publifolha no endereço acima, enviar um fax para (11) 3351-6330 ou um e-mail para publifolha@publifolha.com.br

SUMÁRIO

INTRODUÇÃO 7

1. VISÃO GERAL 13

2. *A CINZA DAS HORAS, CARNAVAL* E
   O RITMO DISSOLUTO 21

3. *LIBERTINAGEM* E
   ESTRELA DA MANHÃ 39

4. DE *LIRA DOS CINQÜENT'ANOS* A
   ESTRELA DA TARDE 65

CRONOLOGIA 87

BIBLIOGRAFIA 93

Manuel Bandeira (1886-1968)

INTRODUÇÃO

anuel Bandeira (1886-1968) foi lido por Machado de Assis e sobreviveu a Guimarães Rosa. A afirmação soa como um disparate, mas é verdadeira e pode dar a medida do longo intervalo de tempo em que o poeta pernambucano atuou na poesia brasileira.

Efetivamente, quando Bandeira publicou seu primeiro livro (*A Cinza das Horas*, 1917), Olavo Bilac e Alphonsus de Guimaraens ainda estavam vivos; já em 1966, por ocasião dos seus 80 anos, quando surgiu a primeira edição da *Estrela da Vida Inteira*, última reunião de sua obra em verso, ocorria também a estréia de Cacaso (*A Palavra Cerzida*), e Paulo Leminski já tinha publicado os seus primeiros poemas.

Entre esses dois extremos, sintetizando muito, Bandeira teve participação decisiva na consolidação da poesia modernista, e sua correspondência com o amigo Mário de Andrade pode ser lida como uma autêntica poética do movimento. Dialogou estreitamente também com os poetas que estrearam em 1930, ou se afirmaram ao longo da década, em particular Carlos Drummond de Andrade, Murilo Mendes, Augusto Frederico Schmidt e Vinícius de Moraes; posteriormente, vieram as relações com João Cabral de Melo Neto (que lhe dedicaria *A Educação Pela Pedra*, em 1966) e mesmo com alguns poetas da Geração de 45. Enfim, acompanhou de perto os movimentos poéticos que despontaram no final da década de 50, em especial a poesia concreta.

Esse espaço de tempo é tanto dilatado quanto singular, pois é comunicante entre a tradição e a modernidade: "São João Batista do modernismo"[1] ou "clássico do modernismo" são caracterizações do poeta que parecem considerar essa atuação, por um lado embebida nas concepções de poesia do século 19, quando não mais recuadas, e, por outro, já resolutamente vinculada ao "direito à pesquisa estética", um dos princípios básicos do nosso modernismo, segundo Mário de Andrade.

Evidentemente, essa propriedade da poesia de Manuel Bandeira não deve ser confundida com mero ecletismo formal, como se a obra poética do autor consistisse numa espécie de bazar de estilos, desde o neoparnasianismo e/ou neo-simbolismo do início até as experiências de sabor concretista, passando pelo modernismo ostensivo de *Libertinagem* (1930) e assim por diante.

Houve naturalmente um adensamento na concepção e na prática de poesia de Manuel Bandeira ao longo do tempo, mas seria grande equívoco con-

---

[1] A expressão é de Mário de Andrade, apud Mário da Silva Brito, *Poesia do Modernismo* (Rio de Janeiro: Civilização Brasileira, 1968; p. 59).

siderar sua trajetória como evolução retilínea, em que modos antigos de composição foram sucessivamente descartados, até a última e mais atual maneira. O sentimento da forma em Bandeira, poeta culto e refinado, era ao mesmo tempo exigente e inclusivo e não admitia tais setorizações, mesmo porque ele foi um mestre precisamente na multiplicidade de técnicas e na "mistura de estilos". Como afirmou Sergio Buarque de Holanda, "um censor superficial e desatento falaria em versatilidade a propósito da aptidão com que essa poesia se ajusta a todos os compassos, mas isso não explica a unidade profunda que subsiste em tudo quanto escreveu Manuel Bandeira. Unidade na variedade".[2]

O próprio Bandeira tem diversas declarações preciosas a respeito dessa convivência, notável em sua trajetória, entre os procedimentos poéticos de vanguarda e aqueles herdados da tradição: "Chamo poeta 100% o poeta que sabe nadar em todas as águas: no oceano em completo perpétuo movimento do verso livre e... nos blocos congelados da forma fixa",[3] ou, ainda, "as orientações modernistas foram muitas e em alguns pontos contraditórias: a que me parecia melhor era a que procurava conciliar as duas forças em eterno conflito na vida – tradição e renovação".[4]

Bem a propósito, podemos citar o elogio de um de seus maiores admiradores, Carlos Drummond de

---

[2] "Poesias Completas de Manuel Bandeira", em: *O Espírito e a Letra*, v. I, org. Antonio Arnoni Prado (São Paulo: Companhia das Letras, 1996; p. 282).

[3] Carta a Alphonsus de Guimaraens Filho, 19/10/1941, em: *Itinerários. Mário de Andrade e Manuel Bandeira. Cartas a Alphonsus de Guimaraens Filho* (São Paulo: Duas Cidades, 1974; p. 81).

[4] Ver entrevista de Bandeira em: Homero Senna, *República das Letras* (Rio de Janeiro: Gráfica Olímpica, 1968; p. 58).

Andrade: "Bandeira tinha uma variedade de interesses literários e foi um mestre em todas as formas de poesia. Assim, através de sua poesia, podemos, inclusive, entender melhor o percurso da própria poesia brasileira".[5]

É como se o poeta tivesse encontrado um lugar – raro, pelo risco do difuso – em que já perde o sentido a distinção muito estrita entre formas convencionais e formas inventadas. A poesia torna-se assim uma manifestação sempre arrebatadora e necessária, capaz de incorporar com naturalidade técnicas as mais variadas. Quem sabe não seja esse o horizonte do moderno propriamente dito, já distinto do modernismo de combate, em que uma das manifestações possíveis da liberdade de experimentar seria o diálogo também afirmativo com a tradição.

O objetivo deste estudo é contar, em linhas gerais, justamente a história dessa poesia, acompanhando seu desenvolvimento cronológico. Nesta exposição, a ênfase foi dada à leitura de poemas e também à investigação de algumas imagens e motivos recorrentes na obra de Manuel Bandeira. Ao longo do processo, uma outra história acabou se insinuando espontaneamente: a das leituras da poesia de Manuel Bandeira. Nesse sentido, houve uma profusão de citações, e, a rigor, muitas outras deveriam ter sido feitas, caso houvesse espaço para tanto. Para proporcionar uma leitura mais fluente do texto, poucas notas foram a ele agregadas – apenas as estritamente necessárias para a identificação dos trechos.

---

[5] "Manuel Bandeira: Lembranças e Impressões", em: Maximiano de Carvalho e Silva (org.), *Homenagem a Manuel Bandeira, 1986-1988* (Niterói: UFF/Presença, 1989; p. 5).

1. VISÃO GERAL

Esse quadro histórico, em si mesmo amplo, se torna ainda mais complexo quando consideramos que as motivações para a criação poética, em Manuel Bandeira, não se restringiram ao campo especificamente literário. Para ele, a poesia podia nascer das fontes mais heterogêneas: é claro, da leitura e da tradução de grandes poetas, além dos dados de sua experiência íntima, mas também de notícias de jornal, de bulas de remédio, de propagandas, de pregões populares, de homenagens a amigos, de frases avulsas escutadas em conversas. O leitor pode identificar aqui uma série de poemas, alguns dos melhores do autor, nos quais, em maior ou menor medida, tais elementos comparecem: "Poema Tirado de uma Notícia de Jornal", "O Cacto", "Estrela da Manhã", "Balada das Três Mulheres do Sabonete Araxá", "Rondó dos Cavalinhos", entre tantos outros.

"A poesia existe tanto nos amores como nos chinelos", afirmou o poeta, retomando a imagem de um poema ouvido por seu pai de um homem da rua, conforme consta no *Itinerário de Pasárgada* (1954), livro fundamental para a boa compreensão de sua poesia. A afirmação sugere uma concepção larga do fenômeno poético, já muito distante tanto da estética parnasiana quanto da simbolista, visto que estas, ainda que de modos diferentes, se propuseram uma especialização muito acentuada, em que a poesia deveria ser o domínio quase exclusivo do elevado e do raro. Ao contrário, o que o poeta procurou frisar em sua afirmação é que a poesia pode brotar também das coisas mais cotidianas. Nessa perspectiva de aproximar o prosaico do poético ou o trivial do sublime ("amores e chinelos"), Manuel Bandeira não apenas aderiu a nosso modernismo, como também ajudou enormemente a forjar a sua linguagem no campo da poesia.

Por outro lado, essa abrangência que se observa no campo estético pode ser estendida também ao contexto histórico-social em que viveu o poeta. Nascido no final do Brasil monarquista, foi dado a ele assistir a muitas das vicissitudes da República. Assim, ele se recorda de ter visto, ainda menino, alguns jagunços sobreviventes de Canudos levados então ao Rio de Janeiro; já as comemorações dos seus 80 anos ocorreram sob o regime militar imposto em 1964.

É de notar também que o poeta, nascido no Recife, embora tenha morado quase toda a vida no Rio de Janeiro, se viu obrigado a percorrer cidades pequenas, em busca de climas propícios, durante a primeira fase de tratamento de sua tuberculose (iniciada em 1904). Mesmo depois da saúde já estabilizada, sempre viajava para Petrópolis (onde escreveu inúmeros poemas), mantendo assim, ao lado da experiência urbana cosmopolita, uma atenção para a vida provinciana. A biografia de Bandeira está repleta de contrastes irônicos: a doença que o levou ao interior do Brasil, em lugares como Campanha (MG) e Quixeramobim (CE), levou-o também ao sanatório de Clavadel (1913-4), na Suíça, onde reaprendeu o alemão estudado no Colégio Pedro II e pôde conhecer alguns poetas europeus (Paul Éluard e Charles Picker).

No plano internacional, Bandeira foi também testemunha de quase todos os grandes acontecimentos do século, em especial as duas guerras mundiais, diretamente responsáveis por mudanças profundas na humanidade, que transformaram a época de sua infância feliz num passado já muito longínquo, pelo menos em termos de mentalidade.

Em aparente contraste com essa amplitude, a obra poética de Manuel Bandeira é relativamente reduzida e toda ela constituída de poemas curtos. Duas conclusões podemos extrair daqui: primeira, a de Bandeira ter sido um poeta eminentemente lírico, especialista nas formas breves e luminosas, típicas do gênero; segunda, a de ter sido um poeta intermitente, embora contumaz, muitas vezes apreensivo por não escrever de modo mais freqüente ou contínuo (em cartas, crônicas e depoimentos, é comum o leitor deparar com frases como esta: "há mais de um ano que não escrevo uma linha de poesia"...).

Em relação a esse último aspecto, o próprio poeta não se cansou de declarar que só escrevia quando ela, a poesia, queria; numa de suas cartas a Mário de Andrade (29/9/1928), há uma declaração enfática: "eu só sei mesmo é fazer poema quando a pressão é tanta que ameaça rebentar as caldeiras". Como de hábito, o próprio poeta referiu-se a inúmeros poemas seus, novamente alguns deles entre os melhores e mais conhecidos, em que uma idéia, um verso, uma estrofe, por vezes o texto integral, nasceram nesses momentos de excitação: "Vou-me Embora pra Pasárgada", "O Lutador", "Boi Morto", "Canção do Beco", "Noturno do Morro do Encanto", "Palinódia" etc.

Aparentemente, estamos diante de um poeta espontaneísta, capaz de escrever apenas em estado de "alumbramento"; mas a fatura exemplar de sua obra revela, ao contrário, o poeta aplicado e lúcido. Seria equivocado, portanto, enxergar aqui alguma dicotomia entre "inspiração" e "rigor". Bandeira tinha, como afirmaram Antonio Candido e Gilda de Mello e Souza, o "senso do momento poético", "o tato infalível para discernir o que há de poesia virtual na cena e no instante, bem como o poder de comunicar essa iluminação".

Foi provavelmente considerando essas duas características, entre si articuladas – a de só escrever quando "Deus era servido" e a de produzir peças em geral curtas –, que o próprio poeta denominou-se a si mesmo de "simples e pobríssimo poeta lírico" ou, principalmente, de "poeta menor", o que passou a figurar como uma quase divisa sua, uma espécie de signo de distinção, ainda que invertido.

Há aqui muito de atitude humilde, fundamental no poeta, enfatizada por seus melhores críticos, mas há também uma sabedoria, que nele era muita, de reconhecer e de circunscrever o espaço mais adequado para sua atuação de artista e de homem, e de extrair dali a maior densidade possível. Que o leitor não se iluda: o mesmo autor que se dizia "poeta menor" também declarou (embora num contexto irônico, em *Itinerário de Pasárgada*): "sei, por experiência, que no Brasil todo sujeito inteligente acaba gostando de mim".

Manuel Bandeira era muito cioso da sua capacidade de discernimento em questões relativas à poesia, assim como tinha plena confiança nas suas habilidades como poeta, mas sabia também que o âmbito primeiro de sua obra era o do espaço interior, ora associado à própria subjetividade, ora identificado aos quartos que habitou em sua existência modesta de solteirão. Mas interioridade não significa aqui fechamento ao "mundo grande"; com este, procura manter uma porosidade relativa, como se fosse uma espécie de filtro, em que a experiência e a linguagem podem ser mais bem decantadas. Rodrigo Mello Franco de Andrade, um de seus maiores amigos, tem uma afirmação precisa a esse respeito: "ele vive as suas emoções e as exprime não por expansão, mas por concentração".[6]

Outro aspecto essencial da poesia de Manuel Bandeira, diretamente relacionado ao anterior, é a "simplicidade". O conceito é absolutamente recorrente na fortuna crítica do poeta, e não há como escapar dele. O maior problema de interpretação dessa simplicidade é compreender como ela pressupõe, discretamente, uma enorme sofisticação. Nesse sentido, a poesia de Manuel Bandeira apresentaria aquele ideal baudelairiano do bailarino que quebra todos os ossos do corpo antes de apresentar-se ao público, gracioso e "espontâneo". Davi Arrigucci Jr. trabalhou minuciosamente a presença do "estilo humilde" na obra do poeta em *Humildade, Paixão e Morte: a Poesia de Manuel Bandeira* (1991) – não apenas o melhor trabalho escrito sobre Bandeira, mas também um livro fundamental de leitura de poesia. "Poema Só Para Jaime Ovalle", "Andorinha", "Cantiga" estão entre os muitos poemas de Bandeira em relação aos quais caberia o que afirmou o próprio poeta,

---

[6] Rodrigo Mello Franco de Andrade, "Tentativa de Aproximação", em: *Homenagem a Manuel Bandeira* (São Paulo: Metal Leve, 1986; p. 211).

numa crônica, sobre o amigo Jaime Ovalle: "aquele inefável das coisas despretensiosas que pela simplicidade atingem o sublime".

Esse capítulo tem o propósito de delinear ao menos os contornos mais gerais da obra de Manuel Bandeira, e para isso resta reportar-se à prosa do autor, de que o já mencionado *Itinerário de Pasárgada* é o ponto alto. Suas crônicas (quase todas recolhidas nos volumes *Crônicas da Província do Brasil, Flauta de Papel* e *Andorinha, Andorinha*) são importantes não apenas porque permitem surpreender o imaginário e as idiossincrasias do poeta, mas também porque trazem realizações excelentes de um gênero riquíssimo em nossa tradição, sistematicamente praticado pelos maiores autores modernistas. Há, ainda, grande quantidade de ensaios literários, tanto críticos quanto historiográficos, mais a organização de antologias e de obras poéticas, que revelam, além do poeta culto, o professor de literatura e o leitor de gosto apurado. Desses trabalhos, merecem destaque *De Poetas e de Poesia, Apresentação da Poesia Brasileira* e *A Versificação em Língua Portuguesa*. Finalmente, cabe referir-se a uma produção variada, como o *Guia de Ouro Preto* e as críticas de cinema, música e artes plásticas (espalhadas pelos volumes de crônicas indicados acima); a propósito, o intenso diálogo com as outras artes, especialmente com a música, pode ser considerado uma das portas de acesso ao conhecimento mais íntimo da poesia de Bandeira.

2. *A CINZA DAS HORAS, CARNAVAL* E *O RITMO DISSOLUTO*

De modo geral, os críticos de Manuel Bandeira propõem a divisão de sua obra poética em três grandes momentos. Um período inicial, de formação, representado pelos três primeiros livros: *A Cinza das Horas* (1917), *Carnaval* (1919) e *O Ritmo Dissoluto* (1924) – os dois primeiros ainda muito vinculados ao neoparnasianismo e ao neo-simbolismo, o último já receptivo a procedimentos modernistas. Um segundo momento, francamente modernista, representado por *Libertinagem* (1930), considerado já um livro de "cristalização" (conforme a famosa formulação de Mário de Andrade), e *Estrela da Manhã* (1936). A partir de *Lira dos Cinqüent'Anos* (1940), o poeta teria inaugurado uma última fase de sua produção poética, passando por *Belo Belo* (1948) e *Opus 10* (1952), que se estenderia até *Estrela da Tarde* (1963) e os poemas finais, fase essa caracterizada por uma certa estabilidade criadora, de completa maturidade, eventualmente matizada por alguns textos que acusam o diálogo com as vanguardas dos anos 50. Os "versos circunstanciais" de *Mafuá do Malungo* foram escritos pelo menos desde o início dos anos 40 (a primeira edição é de 1948) e podem ser associados, cronologicamente, à última fase do poeta.

Tal divisão, que será também adotada aqui, retoma uma afirmação feita atrás: a visão de conjunto da produção poética de Manuel Bandeira permite visualizar os momentos principais da poesia brasileira do século 20, do chamado pré-modernismo às vanguardas dos anos 50.

A CINZA DAS HORAS

O título do livro inaugural do poeta é quase funerário. Quando se compara o tom desse livro a momentos posteriores de sua obra, sobretudo a partir de *Libertinagem*, temos a sensação de que o poeta rejuvenescia à medida que ficava mais velho. Com muita graça, Mário de Andrade escreveu ao próprio Bandeira: "Você em poesia nasceu vestido pra inverno lapão. Foi tirando as roupas aos poucos. Hoje você é o poeta nu". A carta em que está o trecho citado é de 29/7/1928, quando Mário já conhecia boa parte dos poemas que comporiam o livro *Libertinagem*. A posição aqui, portanto, é clara: ler o Bandeira pré-modernista a partir do Bandeira modernista, com evidente privilégio para esse último. Nascer vestido e ir-se desnudando aos poucos é a inversão modernista no que se refere às formas poéticas: o despojamento de todo ornato ou a economia de meios.

Dessa perspectiva (aliás adotada pelo próprio Bandeira em inúmeros depoimentos), *A Cinza das*

Horas, junto com os dois livros posteriores, comporia uma espécie de momento menor de uma obra maior.

Mesmo admitindo essa avaliação, tal momento precisa ser focalizado, não apenas pelo compromisso de abordar a integridade da obra do poeta, mas também porque já existem aí poemas importantes e justamente famosos (como "Epígrafe", "Desalento", "Plenitude", "A Dama Branca", "Alumbramento", "Balada de Santa Maria Egipcíaca", "Meninos Carvoeiros", "Na Rua do Sabão", "Gesso", "Noite Morta" e "Berimbau"), além de temas e de determinadas atitudes do poeta diante da linguagem e da realidade que sobreviveriam, embora transfigurados, à destruição modernista.

No caso específico de *A Cinza das Horas*, seria possível atá-lo aos livros de maturidade com base no levantamento de vários elementos: a contigüidade entre dor, solidão, morte e doença (que persistirá, embora matizada pela ironia); a predileção pelos "noturnos", em que se exploram a atmosfera mágica e os sons da noite; a infância perdida que se tenta recompor pela poesia ("Ruço"); o sentimento delicado dos contrastes, como em "Inscrição", em que a terra, "sobre a qual de tão leve pisava", pesa agora sobre o corpo da dançarina, cujo "destino foi curto e bom", ou nas "Cartas de Meu Avô", em que o "fervor dos carinhos" da juventude contrasta com o "fogo já frio" da velhice; a presença forte do erotismo e da lírica amorosa, como em "Boda Espiritual"; a arte como possibilidade de salvação: "A arte é uma fada que transmuta/ E transfigura o mau destino" ("A Sombra das Araucárias"); a natureza como presença benfazeja e portadora de um aprendizado para a cura ou para a superação dos limites individuais ("Plenitude"); também o "sentimento de família", tão forte em Bandeira (a observação é de Carlos Drummond de Andrade).[7]

Os poemas do livro foram compostos entre 1906 e 1917. A disposição deles, no entanto, não é cronológica, como não será em nenhum livro do poeta – o que revela a preocupação de Bandeira em ordenar seu material numa forma coesa ou harmônica. O fato não é sem importância e retoma, de outro ângulo, a dialética bandeiriana entre desejo de ordem e "alumbramento". Desse modo, mais do que mero repositório de poemas escritos ao sabor da inspiração, o livro busca uma arquitetura virtualmente capaz de enfeixar os diferentes momentos que o compõem.

Leiamos "Epígrafe", escrito em 1917, provavelmente para funcionar como abertura do livro, no sentido de que sintetiza o tom geral da coletânea:

Sou bem-nascido. Menino,
Fui, como os demais, feliz.
Depois, veio o mau destino
E fez de mim o que quis.

Veio o mau gênio da vida,
Rompeu em meu coração,
Levou tudo de vencida,
Rugiu como um furacão,

Turbou, partiu, abateu,
Queimou sem razão nem dó –
Ah, que dor!
           Magoado e só,
– Só! – meu coração ardeu:

---

[7] "O Poeta Se Diverte", em: *Passeios na Ilha* (Rio de Janeiro: Simões, 1952/José Olympio, 1975).

*Ardeu em gritos dementes
Na sua paixão sombria...
E dessas horas ardentes
Ficou esta cinza fria.*

– Esta pouca cinza fria...

Joaquim Francisco Coelho relaciona esse poema ao "El Desdichado" do poeta romântico francês Gérard de Nerval, que seria retomado, em chave irônica, por exemplo, por Tristan Corbière, em seu "auto-retrato" mordaz. A aproximação é interessante, embora o poema de Bandeira pareça, na comparação, por demais compenetrado em sua expressão da dor, de um modo que o poeta evitaria depois – justamente pela incorporação da ironia.

O que parece exemplar nesse poema, sobretudo, é a mestria expressiva, retirada, no entanto, de elementos simples – o que viria a ser um dos traços distintivos de Bandeira. Embora "Epígrafe" esteja no pórtico de um livro ainda muito tocado pela leitura dos parnasianos, em que predominam os versos alexandrinos e octossílabos, o poeta elege aqui a redondilha maior, tão fundamental à poesia de língua portuguesa. O metro, usual, é combinado com um esquema de rimas também singelo, em que se evitam os termos raros. Nesse despojamento, chamam a atenção, mais do que tudo, a sintaxe e os cortes ao longo do poema, que o leitor já pode avaliar visualmente.

Na terceira estrofe, os travessões obrigam a pausas intensas, que conduzem ao seccionamento do terceiro verso e à ênfase em algumas palavras nucleares, todas monossilábicas e fortemente acentuadas: dó/dor; só/só. Esse último "só", destacado pelos travessões e pela exclamação, repete, pela anadiplose (que consiste justamente em repetir no início de um verso a última palavra do verso anterior), o "só" do verso anterior e se transforma numa espécie de síntese icônica da situação do eu lírico, atacado furiosamente pelo "mau destino" e pelo "mau gênio da vida".

O efeito da estrofe será tanto mais notável se considerarmos que ela se inicia justamente com três verbos de ação fortes ("turbou", "partiu", "abateu"), atados pela cadeia sonora da oclusiva /t/ e das bilabiais /b/ e /p/, potencializando o sentido de destruição e sugerindo a inevitabilidade trágica da ruptura com a infância feliz.

O resultado dessa destruição também se amplifica pelo destaque dado ao último verso do poema: isolado do corpo do texto e precedido de travessão, ele ainda por cima se baseia igualmente na repetição de parte do verso anterior (como ocorrera antes, mas agora em posição invertida, com a palavra "só"). Não se pode equiparar esse poema a "O Cacto", por exemplo, um dos maiores de Bandeira, mas certamente ambos trazem a mesma marca de oficina (e também o mesmo sentimento de dignidade diante do destino adverso).

O poema hiperbólico termina com a "pouca cinza fria", de modo que o essencial passa a ser o resíduo, sobre o qual vai debruçar-se o poeta. Como se observa, no poema de abertura do primeiro livro (e de toda a obra poética) já se esboça uma declaração de "poeta menor", que terá de "sacar" a poesia "a duras penas, ou melhor, a duras esperas, do pobre minério das minhas pequenas dores e ainda menores alegrias", ou ainda das "circunstâncias e desabafos", como ele afirmaria tantos anos depois no *Itinerário de Pasárgada*.

"Esta pouca cinza fria", portanto, são os poemas que se vão ler no livro, e a ela devem ser conjugadas outras expressões afins, como as do poema seguinte, "Desalento": "Meu verso é sangue" ou "Eu faço versos como quem morre". *A Cinza das Horas* é um livro dolorido, que marca a estréia de um poeta para quem a "história da adolescência tinha sido a história de sua doença". Manuel Bandeira declarou (no *Itinerário*) que publicou o livro "sem intenção de começar carreira literária": "desejava apenas dar-me a ilusão de não viver inteiramente ocioso". O livro é considerado, portanto, como um contraponto ativo ao sentimento de inutilidade trazido pela doença, que tinha retirado o poeta da vida prática. Naturalmente, ele vale bem mais do que isso, e mesmo essa concepção de poesia como combate ao mau destino não deixaria de acompanhar o poeta vida afora, embora em registros diferentes.

A poesia de Bandeira, iniciada pela melancolia mais funda, iria transformar-se, no entanto, numa das obras poéticas mais positivas – no sentido de afirmação da vida – de toda a nossa literatura. Trata-se, naturalmente, de uma afirmação complexa, em que a própria dor tem parcela ativa. As perdas – familiares, amorosas, existenciais –, sem a exclusão de sua carga trágica, encontram uma expressão calma, em que a morbidez e o desespero cedem lugar a uma espécie de sabedoria difícil de definir.

O passo essencial para essa transformação parece ter sido evitar sistematicamente toda pose heróica de sofredor, confrontando, ao contrário, as adversidades com discrição e disciplina miúda, isto é, apegada aos ritmos cotidianos e às coisas banais, tão presentes em sua poesia. Alcides Villaça observa que o sentimento de solidão em Bandeira "não se casa com o ressentimento (o que parece ser mais comum) mas com a solidariedade".[8] A dor sem ressentimento e a "solidão

---

[8] "O Resgate Íntimo de Manuel Bandeira", em: Telê Porto Ancona Lopez, *Manuel Bandeira: Verso e Reverso* (São Paulo: T.A. Queiroz, 1987; p. 30).

solidária" são difíceis de alcançar e certamente ajudam a constituir a grandeza dessa obra e a fazer dela um legado humanístico dos mais importantes em nossa literatura. "Você não sabe o que a sua poesia representa para nós", disse ao poeta a escritora Rachel de Queiroz. O fato está contado no final do *Itinerário* e vem seguido do seguinte comentário: "De fato cheguei ao apaziguamento das minhas insatisfações e das minhas revoltas pela descoberta de ter dado à angústia de muitos uma palavra fraterna".

Mas estamos apenas no início do comentário à obra poética do autor, de modo que essa digressão deve nos reconduzir a pensar como se deu essa abertura de uma subjetividade ainda muito enclausurada e curtida pela dor para aquela "palavra fraterna".

CARNAVAL

O título da segunda coletânea de Bandeira, tão programaticamente oposto ao do livro anterior, foi inspirado na obra homônima do compositor romântico alemão Robert Schumann, conforme é dito no "Epílogo", escrito em 1919, como se fosse uma "explicação" do livro, análogo à "Epígrafe" de *A Cinza das Horas*:

Eu quis um dia, como Schumann, compor
Um carnaval todo subjetivo:
Um carnaval em que o só motivo
Fosse o meu próprio ser interior...

Quando o acabei – a diferença que havia!
O de Schumann é um poema cheio de amor,
E de frescura, e de mocidade...

*E o meu tinha a morta mortacor
Da senilidade e da amargura...
– O meu carnaval sem nenhuma alegria*

A mesma modéstia e a mesma sensação de miséria interior, mas aqui a própria imagem adotada – a do carnaval, com sua exterioridade festiva e povoada –, assim como a referência mais explícita ao universo da arte (Schumann), cria parâmetros novos para o tratamento do "mau destino" e da dor.

Nesse sentido, *Carnaval* é um livro experimental, não certamente nos mesmos termos das vanguardas e do modernismo, mas como método sintético de trabalho, em que se propõe um "tema" para dele extrair "variações". A obra de Schumann, para piano solo, é uma coleção de "pequenas cenas" ou fragmentos (21 ao todo), em que personagens carnavalescas ("Pierrot", "Arlequim" e outras) se misturam a figuras artísticas ("Chopin", "Paganini") e autobiográficas ("Chiarina" e "Estrella", que representariam duas amadas do músico) e projeções do próprio eu ("Eusebius" e "Florestan"). Talvez o nosso poeta tenha encontrado na obra de Schumann a confirmação de um módulo de criação muito de seu gosto: formas breves, capazes de fundir motivos diversos, em especial os amorosos e estéticos, fusão essa propiciada também pela própria atmosfera imaginativa e livre do carnaval.

Se há um motivo preponderante no livro, capaz de articular suas diferentes peças, esse é o erotismo. Que sirvam de exemplo três dos poemas mais marcantes de *Carnaval*, todos muito diferentes entre si: "Vulgívaga", "Alumbramento" e "A Dama Branca".

O primeiro mostra algo não muito comum em Bandeira: a delegação da voz poética – em vez do eu, é a própria prostituta que tem a palavra, o que é muito mais eficaz do ponto de vista da mordacidade pretendida. Assim, a estrofe que serve de abertura e final do poema ("Não posso crer que se conceba/ Do amor senão o gozo físico/ O meu amante morreu bêbado,/ E meu marido morreu tísico") sugere uma lamentação pelo destino decaído ou a nostalgia de um amor mais nobre, mas emoldura, na verdade, a enumeração cínica dos amantes (médico, poeta, velhos, artistas e outros) e o gosto pelas práticas mais degradadas ("Se bate, então como estremeço!/ Oh, a volúpia da pancada!").

"A Dama Branca" é um poema surpreendente. A mulher, que contava entre seus amantes "Até mulheres. Até meninos", é ocultada por epítetos ("estranha vulgívaga", "gênio da corrupção", "tábua de vícios adulterinos") até ser revelada no final como a personificação da morte ("Por uma noite de muito frio/ A Dama Branca levou meu pai"). O poema deve ser associado a outros grandes de Bandeira sobre o assunto, como "Consoada", em que o mesmo procedimento de não nomear diretamente a morte comparece ("A indesejada das gentes").

"Alumbramento" é, das três peças aqui mencionadas, a mais exemplar da poesia erótica de Bandeira. As imagens e/ou a visão do corpo feminino ("Eu vi-a nua... toda nua!") são constantes em sua obra poética, e, não por acaso, o próprio poeta deu o título de *Alumbramentos* a uma antologia de seus "poemas de amor", editada em 1960.

Na famosa "Evocação do Recife", há um trecho em que a mesma palavra aparece em contexto equivalente:

Um dia eu vi uma moça nuinha no banho
Fiquei parado o coração batendo
Ela se riu
   Foi o meu primeiro alumbramento

Outro sentido da palavra "alumbramento" em Bandeira está ligado ao sentimento religioso, conforme se lê na crônica "O Aleijadinho": "As suas igrejas não criam aquela atmosfera de misticismo quase doentio [...]; não há nelas nenhum apelo ao êxtase, ao mistério, ao alumbramento". Em carta a Mário de Andrade (14/8/1923), Bandeira associa esses dois sentidos de "alumbramento", embora sem empregar diretamente a palavra: "O espasmo sexual é para mim um arroubo religioso. Sempre encontrei Deus no fundo de minhas volúpias". A declaração cai como uma luva para explicar determinadas associações feitas ao longo do poema ("Eu vi os céus! Eu vi os céus! [...]/ Vi...Vi o rastro do Senhor [...]/ Eu vi-a nua... toda nua!")

Mas o poema se impõe também por trazer embutida uma concepção de poesia, já que a palavra "alumbramento" tem ainda uma história na poética de Bandeira, conforme ele afirma no *Itinerário*: "Na minha experiência pessoal fui verificando que o meu esforço consciente só resultava em insatisfação, ao passo que o que me saía do subconsciente, numa espécie de transe ou alumbramento, tinha ao menos a virtude de me deixar aliviado de minhas angústias". Trata-se de um trecho em que o poeta comenta a concepção já tratada antes (que voltará outras vezes) de que só escrevia em estado de inspiração. "Alumbramento", portanto, torna-se um termo-chave na poética de Bandeira, capaz de reunir impulso erótico, emoção poética e êxtase místico.

Na análise que faz do poema, Davi Arrigucci Jr. situa-o também como outra manifestação do "estilo humilde" de Bandeira, já que a visão sublime e excelsa nele contida encontra a explicação total no corpo da mulher nua, que encerra o poema inesperadamente, subvertendo o sentido mais convencional do sagrado numa "iluminação profana".

Dois outros poemas famosíssimos de *Carnaval* devem ser mencionados, até para corroborar aquela idéia, formulada atrás, de que se trata de um livro de pesquisa formal: "Debussy" e "Os Sapos". O primeiro, considerado por Mário de Andrade (que não gostava do poema) a primeira experiência importante em verso livre de nossa literatura, foi inspirado declaradamente no prelúdio de Debussy "La Fille aux Cheveux de Lin", indicando (juntamente com o título do livro) o diálogo central de Bandeira com a música.

"Os Sapos" ficou célebre após sua leitura na Semana de Arte Moderna (por Ronald de Carvalho) e se transformou, segundo Sergio Buarque de Holanda, no "hino nacional do modernismo".[9] O poema é dos mais comentados do autor, e o básico a retermos aqui é a idéia de trabalhar com materiais que ele mesmo desqualifica (no caso, os cacoetes parnasianos) – operação própria da paródia. As estrofes finais se celebrizaram como um dos mais persistentes auto-retratos de Bandeira:

Longe dessa grita,
Lá onde mais densa
A noite infinita
Verte a sombra imensa;

Lá, fugido ao mundo,
Sem glória, sem fé,
No perau profundo
E solitário, é

---

[9] "Trajetória de uma Poesia", em: Sonia Brayner (org.), *Manuel Bandeira. Fortuna Crítica* (Rio de Janeiro: Civilização Brasileira, 1980; p. 142).

*Que soluças tu,
Transido de frio,
Sapo cururu
Da beira do rio...*

A palavra "perau", de origem tupi, designa falso caminho, sentido que, associado ao adjetivo "profundo" e a outras passagens ("densa noite infinita", "sombra imensa"), configura um espaço de danação, um "brejo das almas" (para mencionar o título de um dos livros mais angustiados de Drummond), onde expia o indivíduo "solitário" e "transido de frio". Sintomaticamente, porém, esse desgarramento não é experimentado como condição do "poeta maldito". A imagem do sapo cururu relativiza essa dimensão sombria, já que está associada ao universo ternamente familiar. Esse estar afastado e ser portador de uma palavra fraterna, estar esquivo mas próximo, é propriamente um lugar de eleição em Bandeira.

Yudith Rosenbaum observou que "as dissonâncias ou as categorias negativas da lírica moderna" não seriam tão visíveis em Bandeira, embora sua obra seja intrinsecamente moderna. Foi provavelmente considerando essa complexidade acessível que Mário de Andrade batizou Bandeira de "o sapo cururu da poesia brasileira",[10] em que o canto mais individual é capaz de investir-se de símbolos próximos e familiares ao leitor. Não parece ser outro o sentido dos versos de Drummond no famoso poema escrito em homenagem a Bandeira (em *Sentimento do Mundo*), "Ode no Cinqüentenário do Poeta Brasileiro": "e que o seu

---

[10] *Correspondência Mário de Andrade & Manuel Bandeira*, org. Marcos Antonio de Moraes (São Paulo: Edusp/IEB, 2000; p. 131).

canto confidencial ressoe para consolo de muitos e esperança de todos".

O RITMO DISSOLUTO

O título do livro seguinte, *O Ritmo Dissoluto* (1924), ao abranger os sentidos de desregramento e de liberdade, se irradia tanto para *Carnaval* quanto para *Libertinagem*, e não por acaso foi visto pelo próprio poeta, no *Itinerário de Pasárgada*, como uma transição: "A mim me parece evidente que *O Ritmo Dissoluto* é um livro de transição entre dois momentos de minha poesia. Transição para quê? Para a afirmação poética dentro da qual cheguei, tanto no verso livre como nos versos metrificados e rimados, isso do ponto de vista da forma; e na expressão das minhas idéias e dos meus sentimentos, do ponto de vista do fundo, à completa liberdade de movimentos, liberdade de que cheguei a abusar no livro seguinte, a que por isso mesmo chamei *Libertinagem*".

A "Balada de Santa Maria Egipcíaca" retoma, com muita beleza, a já comentada interseção entre erotismo e religiosidade. A história da prostituta que peca uma última vez para salvar-se e encontrar seu destino de santa (Bandeira baseou-se livremente na lenda medieval da conversão de Maria do Egito) não podia escapar à sensibilidade do poeta, que cantaria anos depois na "Última Canção do Beco": "Foste rua de mulheres?/ Todas são filhas de Deus! Dantes foram carmelitas [...]. És como a vida, que é santa/ Pesar de todas as quedas". Símbolo estranho de pureza no pecado, a Santa Maria Egipcíaca recorda, ainda, pelo menos uma das direções do famoso "Estrela da Manhã": "Procurem por toda a parte, pura ou degradada até a última baixeza". Inaugura também a legião de santas que povoaram a poesia desse poeta de religiosidade profana, de que talvez o exemplo mais realizado seja a "Oração a Nossa Senhora da Boa Morte".

Também em *O Ritmo Dissoluto* se observa a aparição de personagens humildes, freqüentes em alguns de seus melhores trabalhos da maturidade: a "pequenina e ingênua miséria" dos "Meninos Carvoeiros"; os "menininhos pobres" na "feira livre do arrabaldezinho" ("Balõezinhos"); "o filho da lavadeira" ("Na Rua do Sabão").

Nesse momento, até por tratar-se de "fase de transição", os poemas de diferentes tempos se comunicam com mais nitidez, lembrando a profunda "unidade da obra" de Bandeira, tão sublinhada por críticos como Sergio Buarque de Holanda e Prudente de Morais Neto. Desse modo, o insólito de "Noite Morta" e "Noturno da Mosela" e a beleza serena de "Sob o Céu Todo Estrelado" retomam os noturnos do primeiro livro e se relacionam com alguns dos poemas mais complexos do Bandeira maduro, como "Noturno da Parada Amorim", "Canção da Parada do Lucas", "O Martelo" e "Noturno do Morro de Encanto".

"Gesso" é um dos muitos poemas de Bandeira que contêm uma poética implícita:

Esta minha estatuazinha de gesso, quando nova
– O gesso muito branco, as linhas muito puras –
Mal sugeria a imagem de vida
(Embora a figura chorasse).

Há muitos anos tenho-a comigo.
O tempo envelheceu-a, carcomeu-a, manchou-a de pátina
    [amarelo-suja.
Os meus olhos, de tanto a olharem,

Impregnaram-na da minha humanidade irônica de tísico.

Um dia mão estúpida
Inadvertidamente a derrubou e partiu.
Então ajoelhei com raiva, recolhi aqueles tristes fragmentos,
  [recompus a figurinha que chorava.
E o tempo sobre as feridas escureceu ainda mais o sujo
  [mordente da pátina...

Hoje este gessozinho comercial
É tocante e vive, e me fez agora refletir
Que só é verdadeiramente vivo o que já sofreu.

Nesse poema narrativo, a estatueta de gesso é uma espécie de chapa que recebe as incisões do tempo, de modo que este se impõe, inicialmente, como o autêntico protagonista da historieta narrada. Ele é o sujeito de dois dos três versos mais longos do poema (os de números seis e doze), que expressam, já visualmente, um processo cumulativo.

O processo é o da ruína progressiva, inclusive pela presença no final dos dois versos da palavra "pátina" (a segunda aparição mais intensa do que a primeira), induzindo o leitor a considerar o poema como mais uma variação do *topos* da fuga do tempo, freqüente em Bandeira e em tantos poetas. Mesmo a queda da estatueta, ocorrida no meio da narrativa (e do poema), poderia ser vista como uma manifestação antecipada de seu desmantelamento inexorável.

No entanto, outro processo, simultâneo ao anterior, mas de sinal trocado, isto é, construtivo, passa a se instalar. Surpreendentemente, a estátua, nesse segundo movimento, ganha qualidades essenciais que não tinha antes. Assim, no início "Mal sugeria a imagem de vida", enquanto no fim "É tocante e vive". Essa inversão está relacionada a uma operação determinada, expressa no outro verso longo do poema (o de número 11).

Não por acaso, o sujeito agora é o poeta, que contrapõe à destruição temporal uma construção artificial, próxima à operação poética. Os verbos "recolher" e "recompor" são muito significativos e devem ser associados à idéia de "desentranhar" poesia da realidade mais cotidiana. Em Bandeira, a operação poética nasce novamente da experiência humilde: é no chão, em que se ajoelha para "recolher" os cacos, que a poesia deve ser desentranhada, sem contar que todo o poema propõe uma densa reflexão sobre a existência, a partir de um simples "gessozinho comercial".

Por outro lado, a expressão "ajoelhei com raiva" é quase um oxímoro, ao indicar, simultaneamente, humilhação e atuação forte. A construção paradoxal tem aqui enorme precisão, pois abrange tanto a situação do eu submetido à devastação do tempo, como também sua capacidade de recompor as perdas numa integridade que lhe é própria. Assim, o fluxo contínuo e inexorável do tempo encontra uma resistência que propõe uma duração, capaz esta de reter o essencial do eu golpeado pelo "mau destino".

3. *LIBERTINAGEM* E *ESTRELA DA MANHÃ*

LIBERTINAGEM

A passagem dos três primeiros livros para *Libertinagem* talvez seja o assunto mais abordado pelos estudiosos do poeta. Lúcia Miguel Pereira se refere a ela como a vitória da "vida exterior sobre a interior", o resultado do "esforço que o poeta fez para sair de si, para se objetivar".[11] O poeta Ribeiro Couto, que foi grande amigo e primeiro biógrafo de Bandeira, enfatiza a importância, para essa objetivação, da vivência no morro do Curvelo, que teria revelado ao poeta "aquilo que a leitura dos grandes livros da humanidade não pode substituir: a rua", com a conseqüente "introdução da vida popular" em sua poesia.[12]

Bandeira, no *Itinerário*, confirma: "A rua do Curvelo ensinou-me muitas coisas. Couto foi avisada tes-

---

[11] Lúcia Miguel Pereira, "Simplicidade", em: *Homenagem a Manuel Bandeira* (São Paulo: Metal Leve, 1986; p. 111, 115).
[12] Ribeiro Couto, *Dois Retratos de Manuel Bandeira* (Rio de Janeiro: Livraria São José, 1960; p. 74).

temunha disso e sabe que o elemento de humilde cotidiano que começou desde então a se fazer sentir em minha poesia não resultava de nenhuma intenção modernista. Resultou, muito simplesmente, do ambiente do morro do Curvelo".

Comentários análogos se sucederam: da poesia melancólica e elegíaca dos primeiros tempos à poesia do cotidiano; de uma lírica ainda muito subjetiva a outra, mais irônica e distanciada, em que o apego à realidade imediata foi decisivo. Roger Bastide, tendo em mente essa transformação, vê a poesia de Bandeira como "um manual de saúde dado ao homem desamparado",[13] imagem mais ou menos semelhante à utilizada por Yudith Rosenbaum – "inusitada terapêutica", capaz de afastar-se da melancolia inicial pela elaboração positiva das perdas.

Sergio Buarque de Holanda, em texto famoso e essencial,[14] parte da mesma afirmativa – toda a "trajetória" da poesia de Bandeira consiste na "insistente luta" de "uma consciência irremediavelmente isolada para deixar seu confinamento". E acrescenta, atrelando intimamente experiência pessoal e fazer artístico: esse movimento foi simultâneo "ao aperfeiçoamento progressivo e ao enriquecimento da técnica poética".

A "vida circundante", que o poeta busca conquistar saindo de seu "recolhimento íntimo", a que foi forçado pela doença, "só se deixa captar de modo pleno mediante um recurso à deliberada dissolução dos compassos e medidas tradicionais, à ruptura de todas as convenções formais e estéticas, ao aproveitamento sistemático de quanto até então passara por definitivamente antipoético; o prosaico, o plebeu, o desarmonioso".

---

[13] *Poetas do Brasil*, org. Augusto Massi (São Paulo: Edusp, 1997; p. 64).
[14] "Trajetória de uma Poesia", op. cit. (nota 9).

Ao considerar, em Bandeira, a busca de "objetividade" e a "liberdade estética" como "rigorosamente correlatos", Sergio Buarque de Holanda situa a obra do poeta no coração do movimento modernista, já que neste o interesse pela realidade brasileira e a pesquisa formal foram simultâneos. O crítico propõe, também, uma das explicações mais convincentes para a "simplicidade" bandeiriana: uma poesia que "aspira a vencer sua própria reclusão e confinamento" jamais se deixaria "seduzir pelos hermetismos e estetismos".

"Poema Tirado de uma Notícia de Jornal"

Davi Arrigucci Jr. retoma algumas dessas idéias em leituras excelentes e minuciosas de poemas essenciais de Bandeira, como o "Poema Tirado de uma Notícia de Jornal", a propósito do qual afirma: "já não é o ser exclusivamente voltado para si mesmo, na busca da expressão da pura subjetividade, mas antes um sujeito que se entrega ao outro, num movimento de abertura para o mundo, de que deriva uma espécie de *objetivação do lirismo*". Ou ainda: "ao meter as mãos na matéria impura do mundo – ganga bruta de onde desentranhar o metal nobre e raro da poesia – o poeta se afastava de fato da esfera elevada onde tradicionalmente se situava o poético; o nobre e raro produto do espírito de alguma forma, para ele agora, jaz entranhado no chão do cotidiano". Vejamos de perto o poema, exemplar da lírica modernista de Bandeira, no sentido até de um distanciamento profundo de sua dicção anterior.

João Gostoso era carregador de feira livre e morava no
  [morro da Babilônia num barracão sem número.
Uma noite ele chegou no bar Vinte de Novembro
Bebeu
Cantou

Dançou
Depois se atirou na Lagoa Rodrigo de Freitas e morreu
   [afogado.

    A primeira coisa a ser retida desse poema tão breve é o título, que propõe uma equação paradoxal. Teoricamente, não existem linguagens mais afastadas do que a poética e a jornalística. Se na primeira a multiplicação de sentidos é estrutural, pelo uso conotativo e figurado da linguagem, na segunda impera, quase exclusiva, a função univocamente referencial. Há aqui, portanto, uma hierarquia que se impõe quase naturalmente entre o complexo (o poético) e o simples (o jornalístico). Mas o poema subverte tal hierarquia ao dizer que o complexo será "tirado" do simples e, por extensão, o poético do referencial, o extraordinário do mais mundano.

    A proposta é provocativa e muito modernista, no sentido de que o movimento quis programaticamente mesclar o prosaico com o poético – o próprio verso livre é uma das manifestações dessa mescla. É muito modernista também ao se debruçar sobre a realidade brasileira, tendo como foco a existência de uma personagem humilde (não por acaso, o poema foi publicado pela primeira vez, em 1925, no jornal carioca *A Noite*, que abriu em dezembro daquele ano uma seção especial denominada "O Mês Modernista", da qual, além de Bandeira, participaram Mário de Andrade e Carlos Drummond de Andrade, entre outros). Outro autor de extração modernista, Murilo Mendes (1901-75), em seu poema dramático "Bumba Meu Poeta", faz o poeta dizer ao jornalista: "Faça o favor de chegar,/ Você é persona grata/ Talvez uns trinta por cento/ do que o poeta imagina/ foi você que o forneceu./ Você traz algum suicídio,/ caso de amor cabeludo,/ revolução fracassada,/ desastre na lua, o quê?"

Outro aspecto fundamental, ainda presente no título, está no verbo "tirar", que deve ser relacionado à concepção bandeiriana de "desentranhar". Este é o momento oportuno para comentá-la com mais vagar. A crônica "Poema Desentranhado" talvez seja a melhor introdução ao assunto:

> O poeta é um abstrator de quinta-essências líricas. É um sujeito que sabe desentranhar a poesia que há escondida nas coisas, nas palavras, nos gritos, nos sonhos.
> O poeta muitas vezes se delicia em criar poesia, não tirando-a de si, dos seus sentimentos, dos seus sonhos, das suas experiências, mas "desgangarizando-a", como disse Couto de Barros, dos minérios em que ela jaz sepultada: uma notícia de jornal, uma frase ouvida num bonde ou lida numa receita de doce ou numa fórmula de *toilette*. Eu, por mim, vivo cada vez mais atento a essa poesia disfarçada e errante. E um dos exercícios que mais me encantam é desentranhar um poema que está não raro desmembrado, desmanchado numa página de prosa.
> Como sou advertido da presença do poema? Acho que é quase sempre por uma imagem insólita ou por um encontro encantatório de vocábulos.

A crônica se encerra com um poema desentranhado de um texto crítico de Augusto Frederico Schmidt curiosamente relativo ao próprio Bandeira (o poema em questão foi incluído no livro *Lira dos Cinqüent'Anos*), de modo que o poema é um auto-retrato, em verso, tirado do retrato feito pelo outro, em prosa.

O caso é sintomático, pois ainda se trata de falar de si, mas pela mediação do outro, de modo que há uma espécie de subjetividade controlada. O interesse da crônica está em revelar os bastidores da criação poética em Bandeira, ao mostrar como um poeta essencialmente lírico adota métodos "objetivantes", em que a dor do eu e a visão muito ensimesmada se relativizam ao contato com o mundo exterior.

Em outra passagem, é ainda mais nítida a visão aberta e livre que Bandeira tinha da poesia, uma vez que esta pode ser surpreendida e/ou extraída dos materiais e fontes os mais heterodoxos e improváveis:

> Todos os dias a poesia reponta onde menos se espera: numa notícia policial dos jornais, numa tabuleta de fábrica, num nome de hotel da rua Marechal Deodoro, nos anúncios da Casa Matias... Poesia de todas as escolas. Parnasiana: "Fábrica nacional de artigos japoneses". *Surréaliste*: "Hotel Península Fernandes". Por aí assim, românticos, simbolistas, futuristas, unanimistas, integralistas... Faltava à minha coleção um *hai-kai*. Acabo de achar vários agora, e estupendos, onde menos esperava: num livro de fórmulas de *toilette* para mulheres.
> Alguns exemplos:
>
> Pó de arroz
> Talco
> Subnitrato de bismuto
>
> Água de rosas
> Ácido bórico
> Essência de mel da Inglaterra

"Fábrica nacional de artigos japoneses" é lido pelo poeta como um verso de doze sílabas (alexandrino), com pausa obrigatória (cesura) na sexta sílaba, que divide o verso em duas metades iguais (hemistíquios), conforme os cânones da escola parnasiana; "Hotel Península Fernandes" chamou a atenção do poeta pela aproximação insólita de elementos distantes, procedimento típico da escola surrealista.

Desentranhar, portanto, parece conter duas direções, entre si articuladas. A primeira, de caráter mais passivo, se situa no plano da percepção, como nos dois exemplos explicados logo acima, em que o poeta reconhece a presença da poesia nos lugares mais inesperados. A segunda diz respeito diretamente à criação poética, como no "Poema Desentranhado de uma Prosa de Augusto Frederico Schmidt", no "Poema Tirado de uma Notícia de Jornal" e em tantos outros. É importante sublinhar a modernidade desse modo de composição, pois extrair algo de um contexto determinado e incorporá-lo ao espaço da poesia tem afinidades com o procedimento talvez mais típico das vanguardas – o da montagem. O método de desentranhar não deixa de ser exemplar também de uma certa complementaridade entre "alumbramento" e artesanato poético em Bandeira, já que ele comporta tanto a receptividade para a poesia errante no cotidiano como a capacidade artística para expressá-la.

Dessa forma, como sugeriu Davi Arrigucci Jr., questões gerais de estética estariam presentes na teoria bem-humorada e aparentemente despretensiosa do "poeta menor": desentranhar, em seu aspecto "material", relaciona-se à dimensão do *fazer*; "tirar das entranhas" pode ser também *exprimir* o que se passa no íntimo; enfim, "dar a ver" o que estava entranhado diz respeito ao *conhecer*.

Pode-se ver, assim, como o breve "Poema Tirado de uma Notícia de Jornal" contém uma poética de alcance enorme: um modo de compor que, no caso, é também um modo de revelar a realidade brasileira e exprimir um ponto de vista a ela relacionado.

Para encerrar o comentário ao poema, cabe dizer que ele apresenta uma estrutura irônica, desde o título, como vimos, ao aproximar "poesia" e "jornal", mas também pela articulação de diversos outros elementos dissonantes: o alto e o baixo (o morro e a lagoa); paradoxalmente, ainda, encontra-se no alto a pobreza (morro da Babilônia) e no baixo a riqueza (lagoa Rodrigo de Freitas); há dissonância também entre o tom impessoal da notícia de jornal e o tratamento estético a que ela é submetida. Nesse último sentido, considere-se o contraste entre o início do poema, quase pura prosa, e os versos intermediários, constituídos de uma única palavra ("bebeu", "cantou", "dançou"). Esses três versos contêm uma gradação evidente (inclusive pela seqüência alfabética das consoantes iniciais), que indica a intensidade progressiva do desregramento. Mas, ironia maior do texto, essa culminância dionisíaca se encerra abruptamente com a morte da personagem, que adquire assim uma dimensão trágica capaz de resgatá-la do fato jornalístico impessoal.

"O Cacto"

Outro poema de *Libertinagem*, "O Cacto", fala igualmente de uma morte, além de também ter como fonte uma realidade jornalística: em depoimento a Paulo Mendes Campos, Bandeira afirma que o poema nasceu da "verídica história de um cacto formidável que havia na avenida Cruzeiro, hoje João Pessoa, em

Petrópolis".[15] As diferenças entre os textos são, no entanto, enormes.

Aquele cacto lembrava os gestos desesperados da estatuária:
Laocoonte constrangido pelas serpentes,
Ugolino e os filhos esfaimados.
Evocava também o seco Nordeste, carnaubais, caatingas...
Era enorme, mesmo para esta terra de feracidades
    [excepcionais.

Um dia um tufão furibundo abateu-o pela raiz.
O cacto tombou atravessado na rua,
Quebrou os beirais do casario fronteiro,
Impediu o trânsito de bondes, automóveis, carroças,
Arrebentou os cabos elétricos e durante vinte e quatro horas
    [privou a cidade de iluminação e energia:

— Era belo, áspero, intratável.

Ao contrário do poema anterior, a impressão de coisa elevada se impõe ao leitor desde o início. O primeiro segmento, em que ocorre a figuração do cacto como um ser extraordinário, e o último, que se constitui do verso final isolado (um dos mais citados do poeta), dão uma moldura sublime ao segmento do meio, este propriamente um relato prosaico, próximo da linguagem de notícia.

No entanto, por um efeito de contigüidade, esse segmento acaba adquirindo sentido simbólico maior, como se o anedótico, novamente em Bandeira, pudesse ser portador de uma cifra profunda e inesperada do destino humano trágico, cifra esta surpreendida, num primeiro instante, pela similitude gestual entre a forma do

---

[15] Paulo Mendes Campos, "Reportagem Literária", em: Brayner, op. cit.

cacto e a estátua de Laocoonte, "constrangido pelas serpentes", e a morte crispada de Ugolino e seus descendentes. Isto é, os "gestos desesperados", vínculo entre o cacto e o humano, já introduzem o leitor num universo agônico, de luta dramática que se trava no momento da morte, capaz, por isso mesmo, de conter uma explicação sucinta da vida, fornecida pelo verso final.

Aqui o tratamento estético é evidente, a começar das aproximações entre o cacto e personagens retiradas de fontes artísticas nobres. Laocoonte, sacerdote troiano, foi punido por ter profanado o templo dedicado a Apolo, ao ter-se unido sexualmente com a mulher diante da estátua consagrada ao deus; por outro lado, como Laocoonte tinha se oposto veementemente à permanência do chamado "cavalo de Tróia" nas imediações da cidade, os troianos acreditaram que a punição do sacerdote fosse decorrente dessa oposição, que teria despertado a fúria dos deuses. Na tentativa de aplacá-la, os troianos permitiram a entrada do cavalo, com o resultado que se conhece (aqui a tragédia individual se justapõe à tragédia coletiva). Para o poema interessa, essencialmente, a forma da punição: duas serpentes surgiram do mar e sufocaram Laocoonte juntamente com os dois filhos (o verbo "constranger", utilizado por Bandeira, preciso e poético, ecoa no nome do desafortunado sacerdote e também na palavra "cacto"). O episódio consta da *Eneida*, de Virgílio (livro II), e inspirou a estátua evocada por Bandeira, de autoria anônima, feita provavelmente no século 1, pertencente ao acervo do Museu do Vaticano.

O conde Ugolino della Gherardesca é personagem real da história italiana e foi celebrizado por Dante Alighieri (1265-1321) numa das passagens mais pungentes e comentadas da *Divina Comédia*: o canto 33 do "Inferno". Ali, o próprio Ugolino narra como, acusado injustamente de traição, foi trancafiado e abandonado numa torre com dois filhos e dois netos e passou pela dor indizível de ter de presenciar a morte infame de cada um deles, antes de haver sucumbido ele próprio (como se pode ler em sua fala "até que pôde mais o jejum do que a dor", que alguns intérpretes lêem como uma sugestão de canibalismo, dramatizando ainda mais um quadro já em si horripilante).

Ao personificar o cacto, pela analogia com dramas humanos extremos, nos quais não apenas indivíduos isolados mas também seus descendentes são punidos de modo terrível, o poeta parece encaminhar-nos para uma reflexão sobre o trágico, de que o cacto seria um símbolo poderoso, já incrivelmente distante da "história verídica" ou do fato apenas bizarro. (É importante observar que, mesmo desconhecendo as referências a Laocoonte e Ugolino, o leitor tem o sentimento claro de estar diante de um quadro trágico.)

Mas essa reflexão se desloca, em seguida, das referências artísticas européias (Virgílio, estatuária clássica, Dante) para o Nordeste brasileiro. O deslocamento parece conter uma dupla direção. Por um lado, inclina-se para a intimidade do sujeito, já que o Nordeste é a origem do próprio poeta, um especialista no sentimento do trágico, também ele "abatido" pelo "mau destino" e exilado da infância feliz do Recife. Por outro lado, relaciona-se a um projeto maior de nosso modernismo de representar e compreender a realidade brasileira, de que temos vários exemplos em *Libertinagem*: além do já discutido "Poema Tirado de uma Notícia de Jornal", há "Evocação do Recife", "Belém do Pará", "Não Sei Dançar", "Lenda Brasileira" etc. Como o poema foi escrito em 1925, poderíamos acrescentar que ele já antecipa uma visão crítica da realidade brasileira, que seria sistematizada na década seguinte. Seja como for, "cacto", "Laocoonte", "carnaubais" e "caatingas" compõem uma trama sonora em que o individual, o regional e o cosmopolita são articulados.

O verso final da primeira parte representa o cacto em sua condição "verídica": não na terra seca do Nordeste, mas na terra feraz de Petrópolis. No entanto, depois do tratamento a que ele foi submetido nos versos anteriores, a declaração mais ou menos objetiva já não se sustenta, e o sentido literal ganha contornos assombrosos. Os adjetivos "enorme" e "excepcionais" adquirem também significação moral, e a palavra "feracidades" (fertilidades) sugere antes algo ameaçador pela proximidade sonora com as "ferocidades" enumeradas antes.

"Formidável" que era, o cacto é "abatido" por um fenômeno natural também fabuloso ("um tufão furibundo"). Na sua queda, isto é, na sua morte, ele causa enorme estrago no espaço urbano, que surge pela primeira vez no poema. Da primeira para a segunda parte, observa-se, portanto, a passagem do elevado para o cotidiano, do primitivo para o urbano e também do cacto visto isoladamente para a sua relação com o coletivo.

Mas o tratamento transfigurador do cacto vai se alastrar para o relato prosaico da segunda parte, produzindo um efeito típico da obra de Bandeira. O foco, por um lado, está de novo no "humilde cotidiano", visto que este pode conter o drama mais grandioso; por outro, está na própria operação poética, capaz de desentranhar daquele cotidiano o sublime. No caso, o efeito foi favorecido pelo fato de o próprio acontecimento real já ser em si mesmo extraordinário (um vegetal do deserto, deslocado em terra fértil, causador de uma perturbação enorme na cidade, após ter sido abatido por um tufão).

O último verso, espécie de epitáfio, traz uma lição de beleza e de intransigência, em que o estético e o ético se entrelaçam. Davi Arrigucci Jr., em análise minuciosa do poema, da qual colhemos inúmeras sugestões, o interpreta como a síntese final de uma alegoria da "resistência patética e sublime à inevitabilidade trágica da destruição".[16] O poema consistiria ainda numa fábula complexa, colhida no fato cotidiano, na qual se mostra "a possibilidade do valor moral do caráter primitivo em meio ao processo de modernização do espaço urbano". O mesmo crítico enfatiza também o aspecto pictórico do poema, comparando-o a trabalhos de Tarsila do Amaral e, sobretudo, ao expressionismo de Lasar Segall, já que ambos os artistas utilizaram largamente em suas obras o motivo do cacto.

Outros Poemas

Muitos outros poemas de *Libertinagem* mereceriam ser discutidos. "Pneumotórax", exemplar do deslocamento de Bandeira para a visão irônica da própria doença. "Poética", que se celebrizou como um manifesto modernista em versos. "Porquinho-da-índia", em que o tema do "mal-amado" reaparece com ternura e simplicidade surpreendentes (tão presentes também em "Irene no Céu" e "Andorinha, Andorinha"). "Profundamente", em que o pesar mais intenso sobre a morte de pessoas queridas da infância do poeta encontra um tratamento tanto quanto possível sereno e universalizante, pela utilização da tópica do *Ubi sunt* ("*Ubi sunt qui ante nos in mundo fuere?*" [Onde estão os que estiveram antes de nós no mundo?]). O famosíssimo "Vou-me Embora pra Pasárgada" (o título inicial era "Rondó do Aporrinhado"), que parece conter antes o desejo do cotidiano do que a vontade de escapar dele. A "Evo-

---

[16] "A Beleza Humilde e Áspera", em: *O Cacto e as Ruínas* (São Paulo: Ed. 34, 2000).

cação do Recife", cuja abertura, com seus nove versos, é das passagens mais artisticamente realizadas do poeta, lembrando uma abertura musical em que os motivos mais solenes e grandiosos ligados à cidade (a palavra "Recife" é usada sete vezes) são sucessivamente descartados até encontrarem repouso no despojamento dos versos finais ("Recife sem mais nada/ Recife da minha infância").

O esquema estaria incompleto se não incluíssemos nessa visão panorâmica de *Libertinagem* alguns poemas tanto herméticos quanto sombrios, momentos talvez em que aquela "luta incessante" para sair de si, objetivando-se na expressão simples, encontrou obstáculos intransponíveis, assim como a busca da expressão calma diante do naufrágio. Esses momentos de negatividade ajudam a compor a integridade e a beleza da obra: "Oração no Saco de Mangaratiba", "A Virgem Maria", "O Major", "Noturno da Rua da Lapa", "Poema de Finados", "O Último Poema", "Noturno da Parada Amorim".

Esse último foi desentranhado do insólito comportamento de um coronel belga durante a audição do *Concerto Para Violoncelo* de Schumann (a história foi contada ao poeta pelo violoncelista Emil Simon, irmão de Frédérique Simon Blank, segundo Frederico de Assis Barbosa "a grande afeição" da vida de Bandeira).[17] O coronel, "transportado", escorregou escada abaixo gritando que estava em presença de anjos ("– *Je vois des anges!*"). A reação enigmática do adulto militar, que parece ter encontrado no comportamento infantil a melhor resposta ao apelo misterioso do sagrado trazido pela música, sugeriu

---

[17] *Manuel Bandeira – 100 Anos de Poesia* (Recife: Pool Editorial, 1988).

ao poeta justamente o tema da dificuldade de comunicação. Aos diálogos problemáticos do adulto com a infância e do profano com o sagrado, o poema acrescenta imagens em que a impossibilidade de contato predomina: "O telefone tilintou [...] Mas do outro lado não vinha senão o rumor de um pranto desesperado"; "Todas as agências postais estavam fechadas". Ao encerrar o poema com a permanência da voz do coronel, a situação de insolubilidade se perpetua. O próprio título do poema, que se refere a uma parada de trem entre Rio de Janeiro e Petrópolis, acaba por impregnar-se desse mesmo sentido de trânsito interrompido entre dois pólos.

ESTRELA DA MANHÃ

Estrela da Manhã foi editado em 1936, quando o poeta completava 50 anos. Bandeira já era então um autor consagradíssimo, talvez o mais unânime entre os poetas brasileiros do momento. Prova disso é o volume, saído naquele mesmo ano, *Homenagem a Manuel Bandeira*, que reunia poemas e artigos de 33 grandes nomes, como Mário de Andrade, Carlos Drummond de Andrade, Murilo Mendes, Sergio Buarque de Holanda e Aníbal Machado. (O próprio Bandeira, no *Itinerário de Pasárgada*, declarou: "Quem quer que queira estudar a minha poesia não pode dispensar a leitura [da *Homenagem*]".)

O título do livro define a "estrela" como um dos mais importantes símbolos da obra do autor, capaz de reunir uma ampla gama de sentidos. O primeiro deles está relacionado à própria poesia – *Estrela da Vida Inteira* (1966), por exemplo, é imediatamente passível de ser traduzido por "poesia da vida inteira". Outro sentido está ligado à imagem da mulher, como se pode observar em diversas passagens da obra, por excelência no poema que dá nome ao livro agora em pauta, mas também em "Alumbramento", "Canção das Duas Índias", "Cantiga", "A Estrela e o Anjo" etc. Antonio Candido e Gilda de Mello e Souza afirmam que a estrela "na maioria das vezes parece representar o ângulo atormentado do amor", já que mostra a inacessibilidade deste. Um terceiro sentido, mais genérico, parece estar ligado à idéia de plenitude, como em "Sob o Céu Todo Estrelado". "Estrela", portanto, teria amplitude simbólica semelhante àquela que se observou na palavra "alumbramento".

Ao utilizar a expressão "estrela da manhã", Bandeira, tão perspicaz na percepção dos contrastes, talvez tenha pretendido desentranhar, como se estivesse vendo "pela primeira vez", o que se encontra encoberto pela expressão gasta: o paradoxo de uma estrela brilhar no céu já claro. Retirada do uso automático, ao ser reavivada pela emoção poética, a expressão adquire um poder insuspeitado de revelação. Desentranhar o complexo que se encontra oculto no simples é uma das lições maiores desse poeta, conforme estamos observando.

A "estrela da manhã" contém tanto o sentido de algo puro e novo ("manhã") quanto o de coisa gasta – uma estrela tardia, não a primeira, mas a última a brilhar na noite que finda (a propósito, não deixa de ser paradoxal que "estrela da manhã" e "estrela da tarde" sejam sinônimas, ambas relativas a Vênus). Singular, por essa condição ambígua entre nova e velha, ela parece abarcar a condição simultânea de "pura" ou "degradada" que lhe atribui o poema homônimo. Ainda aqui, "estrela da manhã" poderá ser relacionada a "alumbramento", se acompanharmos a leitura etimológica de Davi Arrigucci Jr., que observou na palavra a mescla entre luz e sombra ("umbra").

Essa ambivalência permite abordá-la como imagem poderosa, capaz de abarcar tanto a "vida que é santa/ pesar de todas as quedas", como a poesia mais rara desentranhada do fato corriqueiro ou dos lugares-comuns – da mescla, enfim, entre o puro e o impuro. Um símbolo discreto (diário), mas complexo, à medida mesma do poeta e de sua "palavra fraterna".

Mesclada é efetivamente a linguagem de *Estrela da Manhã*, numa continuidade direta com a de *Libertinagem*, com o qual forma o núcleo modernista da obra do poeta. Considerem-se, dessa perspectiva, os "poemas em prosa" do livro – "O Desmemoriado de Vigário Geral", "Tragédia Brasileira", "Conto Cruel" –, reveladores de uma pesquisa ostensiva de incorporação do prosaico pelo poético, que foi tão fundamental para a estética modernista e de que já havia pelo menos um exemplo importante em *Libertinagem*: o "Noturno da Rua da Lapa".

Mas a exploração do prosaico convive com a pesquisa da forma breve, como em "O Amor, a Poesia, as Viagens", "Nietzschiana" e, especialmente, "Poema do Beco":

Que importa a paisagem, a Glória, a baía, a linha do
    [horizonte?
– O que eu vejo é o beco.

Ao comentá-lo como um "dístico cheio de elipses mentais", o próprio poeta revela aqui um modo de compor tão característico da poesia moderna – o da expressão apenas alusiva e concentrada, que vai exigir do leitor a recepção ativa. O ponto de partida para a interpretação do poema parece ser o de compreender a escolha que está nele pressuposta. O que se elege aqui como objeto do olhar é o horizonte mais próximo, ainda que menos grandioso. Uma atitude de "poeta menor", apegado ao mais imediato, do qual, porém, como estamos insistindo, se pode extrair enorme complexidade.

"Contrição"

A mescla no livro se alastra também para poemas de tonalidade aparentemente mais uniforme, como "Contrição":

Quero banhar-me nas águas límpidas
Quero banhar-me nas águas puras
Sou a mais baixa das criaturas
    Me sinto sórdido

Confiei às feras as minhas lágrimas
Rolei de borco pelas calçadas
Cobri meu rosto de bofetadas
    Meu Deus valei-me

Vozes da infância contai a história
Da vida boa que nunca veio
E eu caia ouvindo-a no calmo seio
    Da eternidade

A regularidade do poema é evidente (o que mostra que mesmo o Bandeira mais modernista jamais abandonou de todo técnicas da poesia tradicional). Em cada uma das estrofes, os três primeiros versos têm nove sílabas, e o último, espacialmente deslocado, quatro. O esquema rímico é também regular: os versos do meio de cada estrofe rimam entre si.

Essa homogeneidade da estrutura contém, no entanto, alguns contrastes fundamentais. Na primeira estrofe, todos os verbos estão no presente; na segunda, predomina o passado; e, na terceira, um sentido de futuro. Esquematicamente, na primeira estrofe temos o verbo "quero" repetido, como expressão de um desejo de purificação, já que o eu lírico se diz "sórdido" e "baixo". Na segunda estrofe, são arroladas manifestações dessa sordidez, cada vez mais intensas, até a imagem de autoflagelação presente no terceiro verso. O desespero atinge o ápice e, numa espécie de relação causa-efeito, desencadeia o desejo de morte da estrofe final. Mas esse impulso autodestrutivo aparece envolto por uma expressão calma, que é, na verdade, o maior contraste do poema.

Para compreendê-lo melhor, cabe dizer que o sentido de cada um dos versos da terceira estrofe só se completa no seguinte, ao passo que as duas primeiras estrofes apresentam, exclusivamente, versos de sentido completo, adquirindo, por isso mesmo, efeito cumulativo. Portanto, temos segmentação nas duas primeiras estrofes e continuidade na última.

Essa continuidade produz andamento mais sereno, reforçado por expressões como "calmo seio", ao contrário do que ocorria nas anteriores, em que era agitado e angustiado, tendo em vista a crescente negatividade das imagens. O poema parece encaminhar-se do desespero à calma (embora calma mortífera).

Esse movimento tem apoio também no jogo sonoro dos detalhes. Um enorme agrupamento de vogais na terceira estrofe produz rimas internas e assonâncias (contai a/e eu caia; boa/ouvindo-a), induzindo, juntamente com o andamento mais distendido, a uma leitura embaladora. Pode-se dizer que esse segmento, que evoca justamente "as vozes da infância", se assemelha a uma canção de ninar ou um "acalanto".

Mas o repouso sugerido é certamente mesclado e guarda tanto um sentido de pureza, resgatado da primeira infância, como um desejo autopunitivo de morte, pela experiência da degradação. Essa ambivalência também se encontra na mistura de tempos, pois o sentido de futuro ("e eu caia"), já observado, se relaciona ao passado mais recuado ("vozes da infância"). (Numa visão mais amarga, poderíamos especular que, entre a infância perdida e a morte desejada, a vida transcorreu "como um túnel", conforme se diz em "Profundamente".) Talvez a conjunção se dê no tom de apaziguamento de toda a estrofe final. Assim, o poema, novo confronto do poeta com o "mau destino", não se resolve no impulso puramente autodestrutivo, já que este aparece inextricavelmente misturado à alusão ao repouso sereno da criança, como se lê em "calmo seio/ Da eternidade".

Na crônica intitulada "Minha Mãe" – mãe cujo apelido era "Santinha" –, Bandeira transcreve um trecho, a ela referente, do poema "Os Nomes" (*Opus 10*): "Santinha nunca foi para mim o diminutivo de Santa./ Nem Santa nunca foi para mim a mulher sem pecado./ Santinha eram dois olhos míopes, quatro incisivos claros à flor da boca./ Era a intuição rápida, o medo de tudo, um certo modo de dizer 'Meu Deus, valei-me'". Ao evocar a expressão identificada à mãe em seguida ao momento de maior desespero ("cobri meu rosto de bofetadas"), o poeta prepara a atmosfera terna e pacificadora da última estrofe, que vem atenuar a tonalidade angustiada até então exclusiva.

A bela "Oração a Nossa Senhora da Boa Morte" (também em versos medidos, sempre de nove sílabas) acompanha o poema anterior em sua visão da morte como aparente solução, mas existe aqui algo apenas subentendido em "Contrição": a ironia. Os pedidos às santas, supostamente modestos ("Pedia apenas mais alegria"), são sistematicamente negados. As reações a essas negativas aproximam-se do cômico ("As santas são impassíveis/ Como as mulheres que me enganaram" ou "Fui despachado de mão vazias"), sobretudo porque expõem o indivíduo em seu desamparo mais mundano. Observe-se, a esse respeito, como o poema começa pelo tratamento íntimo a uma das santas – "Teresinha", que, não atendendo aos apelos do poeta em suas agruras cotidianas, volta a ser uma distante "Santa Teresa".

O final é negativo, mas é preciso observar que o desejo de morte ("boa morte") advém, como no poema anterior, da vontade frustrada da "vida boa". Nesse sentido, paradoxalmente, a morte está submetida a um princípio vital, ainda que problemático. A propósito, o que o sujeito lírico espera da morte é "o que na vida procurou sempre". Em carta a Mário de Andrade (14/4/1931), Bandeira faz o seguinte comentário sobre a "Oração a Nossa Senhora da Boa Morte", certamente também muito adequado para "Contrição": "Rezei de fato com o mais puro desejo de morrer como quem adormece docemente de fadiga". A expressão ambígua entre morbidez e suavidade é apanhada em cheio na resposta do amigo: "[A 'Oração'] é deliciosa de comodidade no sofrimento".

"Canção das Duas Índias" e Outros Poemas

Outros poemas do livro também têm a morte como tema principal: "Boca de Forno" (ao qual poderíamos associar a figura do pai, afeito às brincadeiras verbais que ele chamava de "óperas") e o célebre "Momento num Café", que talvez contenha a imprecação mais violenta de Bandeira contra a vida: "A vida é uma agitação feroz e sem finalidade/ A vida é traição" (retomada no "Soneto Inglês nº 2", do livro seguinte, *Lira dos Cinqüent'Anos* – "a vida/ Não vale a pena e a dor de ser vivida"). Nesse sentido, o poema apresenta pouco daquela "comodidade no sofrimento", expondo uma visão certamente mais amarga.

Ao lado da morte, o erotismo é outro tema central do livro e ocorre em alguns de seus poemas mais famosos: "Estrela da Manhã", "Canção das Duas Índias", "A Filha do Rei", "A Estrela e o Anjo". "Cantiga", ao associar o desejo de morte ao desejo erótico, identificados ambos à "estrela d'alva", é um dos poemas-chave do livro: "Quero ser feliz/ Quero me afogar". As imagens eróticas em Bandeira são das mais intensas na poesia brasileira. Os versos "Púbis a não poder mais" e "Do maravilhoso pente" (respectivamente, em "Canção das Duas Índias" e "A Filha do Rei") são reveladores disso. Nos outros livros, há diversas referências diretas ao sexo feminino, como em "Água-forte" ("Em meio do pente,/ A concha bivalve") e "A Ninfa" ("O ruivo, raro isóscele perfeito").

No poema "Canção das Duas Índias", analisado por Antonio Candido e Gilda de Mello e Souza, há um verso, muito famoso e comentado, revelador do engenho do poeta:

Sirtes sereias Medéias

Uma das maiores surpresas do poema é a de efetuar a articulação entre os elementos marítimos (os nove primeiros versos) e as referências ao sexo feminino (os cinco últimos). Como ele termina com o verso "Oh, inacessíveis praias", as duas vertentes convergem para o sentido de irrealização ou de frustração da aventura empreendida (marítima e erótica). O verso em questão é justamente aquele que efetua a transição entre os dois sistemas de imagens. Nesse sentido, para retomar uma expressão de Antonio Candido, utilizada em outro contexto, o verso "Sirtes sereias Medéias" é a "dobradiça" do poema, e, como tal, cabe a ele articular intimamente os elementos das duas partes.

O engenho consiste aqui na escolha da palavra "sirtes", rara e exata, já que, pelo sentido, diz respeito à série marítima ("banco movediço de areia") e, pela sonoridade, lembra nomes femininos, aos quais vem associada na seqüência do verso. Por sua vez, "sereias" ainda é algo híbrido entre o marítimo e o feminino, ao passo que "Medéias" já se emancipa da imagética do mar e anuncia o final erótico do poema. Dessa forma, aos riscos de navegação são associadas imagens femininas traiçoeiras e funestas, numa conjugação que potencializa a impossibilidade de ambas para o sujeito lírico.

"Rondó dos Cavalinhos" é outro importante poema de um livro escrito sob o signo da mescla. Em princípio, trata-se de um poema tipicamente de "circunstância". Sabe-se que foi escrito depois de um almoço, ocorrido no hipódromo da Gávea, em 1935, por ocasião da despedida de Alfonso Reyes, grande escritor e intelectual mexicano, que tinha sido embaixador do seu país no Brasil.

Mas, como sempre em Bandeira, o trivial serve como abertura para outras reflexões, que, nesse poema, vão desde as históricas (a guerra da Abissínia, invadida pela Itália de Mussolini, e as "politicagens" locais) às estéticas ("Meu Deus, a poesia morrendo") e íntimas (o pesar pela despedida do amigo e, novamente, o tema do "mal-amado": o amor não correspondido pela "Esmeralda" do poema).

Nesse sentido, o acontecimento objetivo – o almoço de despedida em meio a uma corrida de cavalos – é tratado como se contivesse algo maior por detrás das aparências. Isto é, todos os fatos passam a ter, para além da superfície imediata, um sentido profundo, e adquirem duplicidade, como se pode ver nos contrastes que o poema sistematicamente estabelece.

O mais evidente deles pode ser observado na passagem repetida – "o sol tão claro lá fora/ E em minh'alma – anoitecendo!", que propõe uma tensão entre o dentro (escuro) e o fora (claridade). Mas outras contradições se acumulam, como observou Antonio Candido, em sua análise do poema: "beleza/loucura"; "um bom que vai/maus que ficam"; "país prepotente/países submissos"; "politiqueiros ativos/poesia perecendo".

Segundo o mesmo crítico, essa "estrutura contraditória" do poema está presidida pelo dístico inicial, que reaparece em todas as estrofes, como convém à forma adotada do rondó. A partir da análise do ritmo – deslizante, em relação aos cavalos (também humanizados pelo diminutivo "cavalinhos") e sincopado, pelas pausas fortes, em relação aos homens (também animalizados pela expressão "cavalões") –, Antonio Candido observa que há uma reversibilidade irônica entre os atributos dos homens e dos animais: estes são delicados, aqueles, brutais.

A forma rondó adquire, assim, uma funcionalidade essencial no poema, pois é adequada para exprimir a simultaneidade de fatos, permitindo revelar o que se acha oculto por detrás das aparências.

4. DE *LIRA DOS CINQÜENT'ANOS* A *ESTRELA DA TARDE*

LIRA DOS CINQÜENT'ANOS

O livro *Lira dos Cinqüent'Anos* foi editado pela primeira vez em 1940, no volume *Poesias Completas*. Ao lado de *Libertinagem* e *Estrela da Manhã*, constitui provavelmente a parte mais densa, em termos de qualidade estética, de toda a obra poética de Bandeira.

Mas, em contraste com os dois livros anteriores, observa-se aqui a presença marcante de formas fixas. Como vimos, estas não foram abandonadas de todo, mas estavam certamente muito submetidas à pesquisa do verso livre. Proliferam não apenas os versos medidos, mas formas poéticas da tradição: seis sonetos (sendo dois "ingleses" e um "italiano"), um gazal, um haicai, um "Cantar de Amor" (que o poeta revelou ter composto após meses de estudo das canções de amor medievais portuguesas), uma cantiga paralelística ao modo das cantigas d'amigo ("Cossante"), um rondó, uma balada. Há até mesmo um "Desafio", à maneira dos cantadores do Nordeste, além de outros poemas que, pelo título, podem ser associados a gêneros poéticos tradicionais, como "Acalanto", "Testamento" e cinco "Canções".

Num primeiro instante, o leitor poderia imaginar que o poeta estaria abandonando as conquistas modernistas. O ingresso, naquele mesmo ano de 1940, na Academia Brasileira de Letras seria outro sintoma desse "retrocesso" a uma mentalidade tradicionalista. Mas já vimos que, em Bandeira, essas compartimentações estanques entre o moderno e o tradicional são inócuas. Ao lado dos poemas mencionados acima, o livro contém outros, como "O Martelo", "Maçã", "Água-Forte" e "Belo Belo", que aprofundam a dicção modernista.

A *Lira dos Cinqüent'Anos* pode ser encarada, portanto, como um mostruário complexo e virtuosístico de formas e de técnicas, em que o poeta é senhor de seus meios de expressão e conhecedor da poesia de todos os tempos. Nesse sentido, o título dialoga, contrastivamente, com o famoso livro de outro poeta tísico, Álvares de Azevedo (*Lira dos Vinte Anos*, 1853), já que aqui foi possível a consolidação de uma poética ou a conquista paciente da maturidade artística.

Leiamos com vagar um dos grandes poemas do livro e de toda a obra poética do autor, "O Martelo", que nos permitirá proceder a uma espécie de síntese de aspectos até aqui tratados.

As rodas rangem na curva dos trilhos
Inexoravelmente.
Mas eu salvei do meu naufrágio
Os elementos mais cotidianos.
O meu quarto resume o passado em todas as casas que habitei.

Dentro da noite
No cerne duro da cidade
Me sinto protegido.

Do jardim do convento
Vem o pio da coruja.
Doce como um arrulho de pomba.
Sei que amanhã quando acordar
Ouvirei o martelo do ferreiro
Bater corajoso o seu cântico de certezas.

"O Martelo" é um poema que se impõe inicialmente pela presença de ruídos. Ele começa pelo ranger das rodas nos trilhos e se encerra pelo barulho do martelo do ferreiro contra a bigorna; entre ambos, ouve-se, ainda, um "pio de coruja". Essa presença de ruídos instaura, portanto, uma organização muito simétrica, até pela natureza dos sons: estridente, nos extremos, e suave, no meio. Também nos extremos, o andamento é mais veloz, enquanto no meio é mais pausado. Em termos musicais, poderíamos traduzir essa estrutura pela seqüência *allegro-adagio-allegro*. Essa homogeneidade guarda, no entanto, uma dissonância fundamental.

O primeiro ruído é de natureza negativa, reforçada pelo advérbio "inexoravelmente", isolado no segundo verso. Tudo leva a crer que tal ruído esteja se referindo ao movimento implacável do tempo, personalizado aqui de modo abstrato e maquinal ("rodas"). A hipótese parece correta, pois o que se segue aos dois primeiros versos se refere a "naufrágio" e a "passado", sugerindo o confronto do eu lírico com as perdas acarretadas pela passagem do tempo. Desse confronto, aliás, ele parece sair vitorioso, pois a adversativa "mas" denota resistência do sujeito (como já tínhamos visto em "Gesso") e sua capacidade de "salvar" e "resumir" as coisas mais essenciais do fluxo inexorável. Outro contraponto está na proliferação de pronomes e adjetivos pessoais ("eu", "meu", sem contar os subentendidos) que contrastam com a impessoalidade da abertura do poema.

Já o segundo ruído sugere, ao contrário, algo positivo, positividade esta realçada pela expressão "cântico de certezas" e também pela atuação do ferreiro, que vem agora trazer à estridência, inicialmente maquinal, uma dimensão humana.

Visto desse modo, dois sons de natureza semelhante mas sinal contrário – um negativo e outro positivo – abrem e fecham o poema. A semelhança tão patente entre os extremos ajuda a sublinhar os contrastes entre o trágico do primeiro *allegro* e a positividade quase triunfal do último.

Mas essa autêntica metamorfose do negativo em positivo só foi possível graças à passagem pelo espaço do aconchego interno. A presença dos ruídos explicita a situação do eu lírico: fechado no interior do quarto, que é um espaço fundamental na poesia de Bandeira – um equivalente da intimidade do poeta. A penetração dos sons nesse espaço reservado é sinal da permeabilidade essencial deste ao que se passa no exterior.

No "cerne", tanto do poema como do espaço interior do poeta, há uma passagem decisiva: o "pio da coruja", em geral agourento, é devidamente filtrado pelos ouvidos e soa "doce como um arrulho de pomba". Manuel Bandeira, com sua costumeira habilidade artesanal, propõe um cruzamento entre os sons dos dois pássaros, de maneira a associar "*pi*o" a "*p*omba" e "cor*uj*a" a "arr*u*lho", preparando e motivando a assimilação do negativo pelo positivo. Trata-se, portanto, de um trabalho de detalhe que reproduz e confirma o que ocorre no conjunto do poema.

O que pensar de um poema inteiramente composto com o propósito de transformar uma coisa em seu oposto, mais especificamente o sombrio em luminoso – um som noturno no som diurno da atividade do ferreiro, o canto noturno da coruja no canto diurno da pomba? Transformar a noite em dia é atividade cósmica espontânea, mas da qual o poeta parece ter extraído um processo de composição. Aqui, talvez a grande metamorfose consista na passagem do natural para o artístico, isto é, para o artificial e humano, pela mediação do labor do ferreiro. O instrumento deste, que também dá título ao poema, surge então como desafio à fatalidade ou à inércia natural.

Que "O Martelo" seja um poema sobre o tempo, disso não há dúvida. Mas o tempo, que irrompe como uma potência implacável e exterior, é no final domado pelo ritmo do trabalho humano. Como esse trabalho é o do ferreiro, somos lançados da metafísica para a escala humana humilde ("os elementos mais cotidianos"), e é nesse chão que o estético e o social se entrelaçam.

Esteticamente, ele consiste numa demonstração vitoriosa e virtuosística de como o trabalho da arte, análogo ao trabalho da forja, pode extrair o positivo das perdas ("Mas eu salvei do meu naufrágio"), transformar a matéria bruta em utensílio — a natureza em cultura, a experiência em linguagem poética. A esse respeito, Francisco de Assis Barbosa, o melhor biógrafo de Bandeira, tem uma informação preciosa: "O batido das teclas da sua máquina de escrever se confundia, muitas vezes, com o martelo do ferreiro ecoando do fundo do beco e que o acordava todas as manhãs".

Socialmente, a identificação com uma atividade artesanal menor reconduz o trabalho artístico à dimensão humana diária, em que a tenacidade e a resistência aparecem como os únicos valores certos.

Sobre "O Martelo", o próprio Manuel Bandeira deixou-nos uma breve nota no *Itinerário de Pasárgada*, na qual afirma que é um de seus poucos poemas em que está presente a "emoção social". A expressão é significativa e já revela a síntese do íntimo com o genérico, demonstrando como a sabedoria mais recôndita e preciosa do indivíduo singular pode reconhecer-se e justificar-se como um bem comum. Nesse sentido, "O Martelo" é um dos grandes exemplos da "palavra fraterna" na obra de Bandeira.

Se em "O Martelo" a organização do poema provinha essencialmente do diálogo com a música, no famosíssimo "Maçã" o arranjo acusa forte diálogo com a pintura, constituindo-se como "natureza-morta".

Por um lado te vejo como um seio murcho
Pelo outro um ventre de cujo umbigo pende ainda o cordão
[placentário

És vermelha como o amor divino

Dentro de ti em pequenas pevides
Palpita a vida prodigiosa
Infinitamente

E quedas tão simples
Ao lado de um talher
Num quarto pobre de hotel.

O movimento do poema é o de observar seu objeto de diferentes ângulos: pelos lados (os dois primeiros versos), no todo (terceiro verso), por dentro (do quarto ao sexto verso) e na relação com o ambiente (os três versos finais). Dito de outro modo, a maçã é vista isoladamente nos seis primeiros versos, numa interiorização progressiva, e, de súbito, o foco se amplia para o lugar em que ela está situada.

Os dois primeiros versos já propõem uma aproximação abrupta entre dois princípios contrários – um relacionado à morte ou ao definhamento ("seio murcho"), outro à vida ou ao nascimento ("cordão placentário"). A abertura indica, portanto, um assunto grave, embora extraído de algo inesperado para tanto – a observação "objetiva" de uma simples maçã.

No "cerne" do poema, exatamente como ocorrera em "O Martelo", o assombro é ainda maior; o mais diminuto – as "pevides" – é capaz de conter o mais grandioso: a vida prodigiosa palpitando infinitamente. A escolha de "pevides", de modo semelhante ao que ocorrera com "sirtes", é de uma enorme felicidade. Caso o poeta tivesse utilizado o sinônimo usual "sementes" (que tem, de resto, o mesmo número de sílabas), o efeito teria sido certamente outro. Restaria o sentido geral do pequeno que contém o grande, mas a palavra "pevides" traz cifrada em seu interior a própria palavra "vida", além de relacionar-se sonoramente, de modo inextricável, com vários vocábulos centrais do trecho: *pequenas*, *palpita*, *prodigiosa*. Afora essa cordilheira de pês, em especial no quase onomatopaico "palpita", que sustenta o sentido de pulsação da vida, temos ainda o jogo de timbres da vogal /i/, que recebe quatro acentos fortes: t*i*, pev*i*des, palp*i*ta, v*i*da, sem contar os acentos secundários em "prodigiosa" e "infinitamente". Isolada, essa última palavra parece exigir ainda um leitura quase granulada, em que as sílabas são lentamente escandidas.

É inegável que estamos aqui nas alturas, embora estejamos também no âmbito das coisas mínimas. O poema se encerra justamente reconduzindo a "maçã" a um cenário humilde ("Num quarto pobre de hotel"), de modo a enfatizar que o mais elevado pode estar contido no mais baixo.

Nesse sentido, Davi Arrigucci Jr., no livro tantas vezes aqui citado, denomina "Do Sublime Oculto" seu ensaio sobre "Maçã", considerando o poema um dos grandes exemplos do "estilo humilde" do poeta.

A propósito de ocultamento, embora talvez em outra chave, "Água-Forte" é um dos poemas mais curiosos de Manuel Bandeira. O título, lido isoladamente, sugere nova relação da poesia com a pintura, assim como o primeiro verso – "O preto no branco" – pode sugerir uma abertura metalingüística (a tinta sobre a página). Mas a leitura das imagens não deixa dúvidas: trata-se, para retomar a formulação de Ledo Ivo em sua extensa análise do poema, da representação de "um sexo feminino em funcionamento menstrual". Nesse sentido, é um poema de linhagem mallarmaica (Bandeira escreveu um longo ensaio sobre Mallarmé), em que seu objeto é apenas aludido.

"Testamento" é outro belo e importante poema do livro, e talvez seja a passagem de toda a obra de Bandeira em que a condição de "poeta menor" aparece formulada da maneira mais reveladora. O verso "Sou poeta menor, perdoai!", encontra sua explicação na estrofe final "Não faço versos de guerra/ Não faço porque não sei". A data do poema, que o autor fez questão de manter (25 de janeiro de 1943), explicita o contexto histórico: o final da batalha de Stalingrado, momento decisivo da Segunda Guerra Mundial, sobre a qual Drummond escreveu um poema famoso, admirado pelo próprio Bandeira. A autodesignação "poeta menor", portanto, se explicaria por uma espécie de inaptidão de Bandeira para a tonalidade épica, para a qual ele tinha sido cobrado no período. Mas vimos que o seu "engajamento" não foi menos consistente, embora sempre proposto a partir de um espaço interior.

BELO BELO

O título *Belo Belo* (1948) vincula-se a dois poemas homônimos: um do livro anterior e outro do próprio livro em questão. A duplicação é curiosa e dá o que pensar. Antonio Candido e Gilda de Mello e Sousa consideram-na exemplar de um "interminável contraponto", na obra de Bandeira, entre "a atitude de serenidade melancólica e o sentimento de revolta impotente". Assim, o primeiro "Belo Belo" apresenta um "sereno conformismo"; já o segundo, "amargo e secreto", seria seu "oposto simétrico".

Nesse sentido, o contraste entre os dois poemas seria revelador de uma das tensões da poesia de Bandeira mais investigadas aqui. Vista como combate ao "mau destino", tantas vezes o poeta conseguiu imprimir à expressão poética uma afirmação da vida, mesmo no "naufrágio"; em muitos outros momentos, porém, os obstáculos se impuseram, e os poemas deixam antes entrever um sentido amargo.

Mas a amargura do segundo poema está também cheia de humor. A expressão "Belo Belo", retirada de uma canção popular, é muito afirmativa e ecoa em "quero", de presença obsessiva. Os desejos, porém, são todos inacessíveis, e a sua frustração, inevitável; de modo que eles se transformam, também pela rima toante, em "lero-lero". A palavra "zero", última do poema, completa a cadeia sonora, que é também de um progressivo esvaziamento da positividade inicial ("belo belo" > "quero quero" > "lero-lero" > zero").

Marcante é a seqüência que contém os desejos em relação às mulheres:

Quero o moreno de Estela
Quero a brancura de Elisa
Quero a saliva de Bela
Quero as sardas de Adalgisa

Trata-se de uma colagem improvável de mulheres (o "moreno" e a "brancura"…). As rimas cruzadas "Estela/Bela" e "Elisa/Adalgisa" reforçam a alternância insolúvel desse querer. Não há escolha possível, nem, conseqüentemente, o repouso do desejo.

Dois poemas muito breves de *Belo Belo* – "A Realidade e a Imagem" e "O Bicho" – foram extraídos da nova "paisagem" oferecida ao poeta em seu apartamento no Castelo, para onde se mudara nos anos 40. Se na moradia anterior havia o "beco", há agora um "pátio" entre edifícios, lugar de imundície, que levou o poeta a reclamar a dois prefeitos do Rio de Janeiro em alguns de seus "versos de circunstância".

Os dois poemas parecem ser inconciliáveis, visto que um é quase fenomenológico, em sua proposta descritiva, ao passo que o outro apresenta a expressão crua da miséria, sendo um dos poemas mais famosos de Bandeira em termos de "emoção social".

As diferenças, contudo, se dissolverão em parte, se considerarmos que os poemas se assemelham em sua aproximação objetiva da realidade. Sobre "A Realidade e a Imagem", o próprio poeta afirmou ser "uma transposição da realidade sem inventar nada, sem 'fingir' nada. Poema que é uma simples reprodução por imitação".[18] Sobre "O Bicho", João Cabral de Melo Neto, em carta a Bandeira (17/2/1948), afirma: "Não sei quantos poetas no mundo são capazes de tirar poesia de um 'fato', como você faz. Fato que você comunica sem qualquer jogo formal, sem qualquer palavra especial: antes, pelo contrário: como que querendo anular qualquer feito autônomo dos meios de expressão". Em outro momento (5/7/1951), Cabral volta a elogiar a "expressão direta e dura" de "O Bicho".

---

[18] "Poesia e Verso", em: *De Poetas e de Poesia* (Rio de Janeiro: MEC, 1954; p. 110).

Os dois poemas, portanto, são exemplares de uma convicção essencial em Manuel Bandeira, tantas vezes aqui realçada: a de que existe uma poesia "errante" nas manifestações mais heterogêneas do cotidiano, que podem ser "desentranhadas" pela expressão mais despojada e objetiva.

Em "Infância", último poema do livro, o poeta se debruça sobre um de seus temas fundamentais. No início do *Itinerário de Pasárgada*, Bandeira afirma enfaticamente: "Dos seis aos dez anos, nesses quatro anos de residência no Recife, construiu-se a minha mitologia". No poema em questão, o poeta recua até as primeiras reminiscências, em Petrópolis, aos três anos de idade, e a idéia da "mitologia pessoal", associada à infância, encontra outra expressão forte:

Com dez anos vim para o Rio.
Conhecia a vida em suas verdades essenciais.
Estava maduro para o sofrimento
E para a poesia!

O poema tem muito interesse também pela técnica associativa, em que o eixo cronológico apenas emoldura o fluxo vertiginoso da memória, que se constitui, como afirmou Yudith Rosenbaum, na "colagem de destroços de um mundo mágico perdido". Nesse sentido, o poema pode ser associado a "Ruço", de *A Cinza das Horas*, em que se lê: "Lá vão os dias da minha infância/ – Imagens rotas que se desmancham".

OPUS 10

Opus 10 foi publicado em 1952 pela editora artesanal Hipocampo, de dois poetas da geração de 45, Geir Campos e Thiago de Mello. Em carta a João Cabral de Melo Neto, Bandeira faz a seguinte consideração: "Dei-lhes [aos editores] uns poemas, quase todos de circunstância, escritos depois da última edição das *Completas*. O título será *Opus 10*".

Nessa numeração, o poeta considerou, além dos sete livros comentados anteriormente, *Poemas Traduzidos* (1945) e *Mafuá do Malungo* (1948). O fato é revelador e mostra como Bandeira prezava tanto seus "versos de circunstância" quanto sua atividade de tradutor, equiparando-a à da própria criação. (Como esses dois livros não serão comentados aqui, fica ao menos a menção da importância que o poeta lhes atribuía.)

A visão um tanto rebaixada não deve nos impressionar: o livro "magrinho" – o menor de todos, com apenas 21 poemas – contém, pelo menos, cinco trabalhos obrigatórios em qualquer antologia do poeta: "Boi Morto", "Cotovia", "Noturno do Morro do Encanto", "Consoada" e "Lua Nova".

"Cotovia" é de uma delicadeza ímpar, pela simplicidade cantante com que o poeta retoma um motivo permanente de sua obra: o lamento pela infância perdida mas subitamente recobrada em outro instante de alumbramento, suscitado aqui pelo canto da cotovia. A abertura está em versos livres; a partir da segunda parte, porém, a redondilha maior prevalece. Como o poema está composto na forma de diálogo entre o eu lírico e a cotovia, podemos dizer que é o canto desta, iniciado justamente na segunda parte, que determina a baliza métrica e rítmica do texto. Isto é, a fala do poeta, inicialmente solta, passa a afinar-se pelo canto da cotovia, impregnando-se, assim, de uma "naturalidade". Essa naturalidade é acentuada por algumas interseções exploradas a fundo pelo poema: a cotovia é o pássaro que anuncia a aurora (além de ser capaz de atingir grandes alturas...), mas "Aurora" é também o nome de uma das ruas da infância do poeta, e é, igualmente, uma imagem genérica e banal da infância, utilizada, por exemplo, por Casimiro de Abreu em seu conhecido poema "Meus Oito Anos", de que dois versos são citados literalmente. Mais uma vez, portanto, a dor mais individual encontra expressão coletivizada – seja pelo canto do pássaro, seja pelo canto do poeta mais espontaneísta de nosso romantismo, em seus versos mais popularizados.

Não há aqui nenhuma intenção paródica em relação ao sentimentalismo romântico, presente em outros momentos, por excelência em "Poética", ou mesmo em poemas posteriores, como "O Nome em Si" e "Satélite". Trata-se antes da incorporação deliberada de uma ternura de toda a gente, capaz, entretanto, de revelar a expressão mais íntima.

"Boi Morto", "Noturno do Morro do Encanto" e "Consoada" são poemas excepcionais em seu tratamento de outro tema fundamental do autor: a morte. Mas cada um deles aborda o tema de maneiras muito diferenciadas, de modo que a leitura contrastiva parece ser a mais adequada e interessante. Em "Consoada", o movimento do poema é de uma progressiva serenidade: o encontro com a "indesejada das gentes", inicialmente figurado com angústia e temor, cede lugar a um sentimento de prontidão espiritual. É o que revelam as imagens finais, todas com quatro sílabas – "lavrado *o campo*", "*a casa* limpa", "*a mesa* posta", numa interiorização progressiva do sujeito sobre si mesmo, sugerindo uma concepção da morte como concentração derradeira das forças da vida e, portanto, ainda imanente a esta. Para tal familiarização com a morte, é decisivo o cenário arcaizante e bucólico (proposto, entretanto, por um poeta eminentemente urbano), já que nele os ritmos da vida interior podem vincular-se, de modo mais imediato, aos ritmos cíclicos da natureza, propiciando o apaziguamento final. Igualmente decisiva é a ênfase dada ao trabalho sistemático e miúdo, ao qual poderíamos associar o próprio fazer poético, como se este consistisse na justificativa de um destino no confronto com seu término.

Já em "Boi Morto", a morte é pura alteridade, e o sujeito acha-se antes "dividido, subdividido". A estrofe do meio, tão extraordinária em sua musicalidade, enfatiza essa experiência da opacidade, sobretudo pela reiteração do adjetivo "atônita", relativo a alma, já separada do corpo, vinculado este, pela rima toante, ao "boi morto" levado pela torrente inexorável. O poema teria sido "desentranhado" da audição do disco em que o próprio poeta lê "Evocação do Recife". A agulha teria emperrado justamente na passagem em que se fala do "boi morto". Assim, a visão infantil assombrada das cheias do Nordeste, em si mesma propícia à obsessão, encontrou na repetição mecânica uma estranha potência, que o poema transpõe admiravelmente. Há muita distância aqui do bucolismo de "Consoada": "Boi Morto" é um poema tipicamente moderno (ainda que composto em versos medidos e relativo a uma cena também não-urbana), e não por acaso ele foi aproximado, por Bandeira e outros leitores, ao famoso "No Meio do Caminho", de Carlos Drummond de Andrade.[19]

---

[19] Sobre o poema de Drummond, ver Francisco Achcar, *Carlos Drummond de Andrade*, na série "Folha Explica" (São Paulo: Publifolha, 2000; p. 16-9).

O "Noturno do Morro do Encanto" figura outra vez a morte em sua dimensão estranha: "a morte como espiã da vida", segundo Yudith Rosenbaum, em comentário ao poema. O soneto é dos mais pungentes do autor em termos de expressão da miséria interior, e nele prevalece a imagem da morte em vida, semelhante ao encerramento do "Poema de Finados". A abertura – "Este fundo de hotel é um fim de mundo" – é também das mais fúnebres do autor, e a própria palavra poética se problematiza: "aqui é o silêncio que tem voz" ou "cativo canto". Essa última expressão retoma, em perspectiva amarga, o termo "encanto", determinando a tonalidade sombria de todo o poema.

ESTRELA DA TARDE

A primeira edição de *Estrela da Tarde* é de 1958 e apareceu no volume *Poesia* das obras completas de Bandeira, então editadas pela Aguilar. Mas o livro recebeu vários acréscimos, tanto na edição avulsa de 1963 como na primeira edição da *Estrela da Vida Inteira* (1966), tornando-se o mais volumoso do poeta (69 poemas ao todo). Provavelmente, também é o mais irregular; o que se compreende, pois abrange um enorme período de produção, pelo menos entre 1952 e 1967.

Não por acaso, aparece aqui algo inédito nos livros anteriores do poeta: a divisão em partes – seis no total. A primeira delas, inicialmente denominada "Estrela da Tarde", contém 40 poemas. A segunda é formada pelas "Duas Canções do Tempo do Beco", poemas eróticos, muito freqüentes também na primeira parte, de que são exemplos marcantes "A Ninfa", "Ad Instar Delphini" e "Vita Nuova". A terceira parte, intitulada "Louvações", não destoaria muito caso tivesse sido incluída nos "versos de circunstância" de *Mafuá do Malungo*; por outro lado, revela uma característica essencial da lírica de Bandeira: a presença de personagens. Assim, alguns poemas, como "Maísa", dedicado à cantora, podem ser associados a outros em que aparecem figuras queridas da infância (Totônio Rodrigues, Tomásia, Rosa) ou figuras femininas (Tereza, Esmeralda, Antônia). A quarta e a quinta parte, respectivamente "Composições" e "Ponteios", recolhem as experiências "concretistas" do poeta. A última, que mereceu edição avulsa, contém a série de seis poemas com o título "Preparação Para a Morte".

No conjunto, é de observar, ainda, alguns "poemas de viagem", já que Manuel Bandeira retornou à Europa em meados de 1957, mais de 40 anos depois da estada no sanatório de Clavadel. "Embalo", "Lua", "Elegia de Londres" e "Mal sem Mudança" são alguns desses poemas. O último é um soneto composto em Salvador, em trânsito para a Europa, e dialoga com a poesia barroca de Gregório de Matos pelo tom e pela técnica, como se lê logo no hipérbato da abertura: "Da América infeliz porção mais doente/ Brasil, ao te deixar…" Sobre a viagem, Bandeira escreveu também um "Diário de Bordo", incluído no livro de crônicas *Flauta de Papel*.

Entre os poemas experimentais, cabe mencionar pelo menos o famoso "O Nome em Si", composto a partir de variações do nome de Gonçalves Dias, poeta admirado e estudado a fundo por Bandeira. Numa crônica de 1957, sobre a poesia concreta, o poeta escreveu: "Eu tinha vontade de compor um poema concreto em que partiria do nome Gonçalves Dias e dissociaria os dois apelidos e combiná-los-ia com outros e forjaria firmas comerciais (Dias Gonçalves, S. A., Gonçalves, Dias & Cia. etc.), enfim, faria o diabo, de maneira que ao fim do poema o leitor visse o nome inteiramente dissociado da imagem do poeta".

O procedimento básico do poema é empregar alguns "estranhos dessensibilizantes" (para usar uma expressão presente no *Itinerário de Pasárgada*), no caso, nomes comerciais, linguagem de cartório etc., com o propósito de esvaziar o seu objeto de todo efeito poético elevado. Na leitura que faz do poema, Haroldo de Campos chama Bandeira de "desconstelizador", no sentido de que ele forja uma poesia dessacralizante, a partir da incorporação de lugares-comuns.[20]

"Antologia", escrito em 1965, foi desentranhado da obra anterior do poeta, conforme ele mesmo afirma: "Tive a idéia de construir um poema só com versos ou pedaços de versos meus mais conhecidos ou mais marcados da minha sensibilidade, e que ao mesmo tempo pudesse funcionar como poema para uma pessoa que nada conhecesse de minha poesia".[21]

É de notar, na composição do poema, que Manuel Bandeira recolheu especialmente versos ou trechos que representavam a abertura ou o fechamento dos poemas anteriores. Passagens em geral assertivas, capazes de exemplificar e sintetizar o núcleo de suas inquietações. A leitura de "Antologia" pode iluminar, assim, uma das muitas declarações instigantes de Bandeira sobre poesia: "Todo grande verso é um poema completo dentro do poema".[22]

É importante sublinhar que, nesse poema, Manuel Bandeira posicionou-se diante de sua obra como

---

[20] "Bandeira, o Desconstelizador", em: Brayner, op. cit.
[21] Carta a Odylo Costa Filho (s/d), citada por Gilberto Mendonça Telles no artigo "A Bandeira de Bandeira", em: Brayner, op. cit.; p. 308.
[22] Numa de suas crônicas sobre poesia concreta (1957).

leitor. Essa posição recorda outros momentos em que o poeta organizou inúmeras antologias e refletiu muito sobre a questão do valor estético dos poemas a serem nelas incorporadas. A propósito, há outra declaração preciosa de Bandeira, em carta a Antonio Candido: "Sou autor de várias antologias e afinal ainda não fiz uma que fosse verdadeiramente a *minha* antologia, uma antologia que fosse ferozmente individual, e que eu faria para levar à clássica ilha. Esta seria em grande parte formada de estrofes de poemas e até de versos isolados".[23]

Os poemas de "Preparação Para a Morte" encerram o livro e representam também os acordes derradeiros com que o poeta se despede de nós. Nessa suíte se evidenciam alguns motivos fundamentais da obra de Bandeira: os amigos, os amores, a família, o apego à natureza e ao cotidiano, a visão ironicamente trágica da vida e mesmo uma religiosidade difusa.

Já não se trata aqui do adolescente enfermo, mas de alguém que atingiu inesperadamente a velhice e pôde confrontar a morte com naturalidade e sabedoria. Por outro lado, encerrar a obra dessa maneira é também revelador do caráter "biográfico" da obra de Bandeira.

Como afirmou Francisco de Assis Barbosa: "Talvez não exista, na literatura de língua portuguesa, exemplo maior de transposição para o plano artístico de uma experiência pessoal, com a mesma constância e igual intensidade, desde o primeiro poema de *A Cinza das Horas* ao derradeiro verso da *Estrela da Tarde*".

O segredo está aqui na palavra "transposição", já que a obra transcendeu em muito os quadros da experiência pessoal do poeta, embora tenha extraído desta, paradoxalmente, toda a sua força. A expressão mais ín-

---

[23] "Antologias", em: Maximiano de Carvalho Silva, op. cit.; p. 69.

tima encontrou aqui uma interseção coletiva, propiciando a criação de uma "palavra fraterna", que é um dos grandes legados de nossa lírica de todos os tempos.

Primeira edição de Estrela da Tarde, *pela Livraria José Olympio Editora (Rio de Janeiro, maio de 1963)*

CRONOLOGIA

Esta cronologia tem por base aquela estabelecida pelo próprio poeta em 1966.

1886	–	Nasce no Recife.
1896-1902	–	No Rio de Janeiro, cursa o Externato do Ginásio Nacional (depois, Colégio Pedro II). Encontro fortuito com Machado de Assis, com quem conversa sobre Camões. Publicação do primeiro poema, um soneto alexandrino, na primeira página do *Correio da Manhã*.
1903-1904	–	Vai para São Paulo, onde se matricula na Escola Politécnica. Adoece do pulmão no fim do ano letivo (1904) e abandona os estudos.
1913	–	Embarca em junho para a Europa, a fim de tratar-se no sanatório de Clavadel (de onde retorna em 1914). Organiza seu primeiro livro, *Poemetos Melancólicos*, mas esquece os originais no sanatório.

1916 – Falece a mãe.
1917 – Publica seu primeiro livro – *A Cinza das Horas*, edição de 200 exemplares, custeada pelo autor.
1918 – Falece a irmã, que tinha sido sua enfermeira desde 1904.
1919 – Publicação de *Carnaval*, custeada pelo pai. O livro entusiasma a geração paulista que iniciava a revolução modernista.
1920 – Falece o pai. Muda-se para a rua do Curvelo, onde já morava Ribeiro Couto.
1921 – Conhece Mário de Andrade.
1922 – Falece o irmão.
1924 – Publicação do volume *Poesias*, incluindo os dois livros anteriores acrescidos de *O Ritmo Dissoluto*.
1930 – Publicação de *Libertinagem*. Edição de 500 exemplares, custeada pelo poeta.
1936 – Publicação de *A Estrela da Manhã* (47 exemplares) e *Crônicas da Província do Brasil*. Por iniciativa dos amigos, sai o livro *Homenagem a Manuel Bandeira*, no cinqüentenário do poeta.
1937 – Publicação, pela Civilização Brasileira, das *Poesias Escolhidas*, selecionadas pelo poeta, que também ouviu conselhos de Mário de Andrade. Sai a *Antologia dos Poetas Brasileiros da Fase Romântica*. Ganha o prêmio de poesia da Sociedade Felipe d'Oliveira.
1938 – Nomeado professor de literatura do Colégio Pedro II. Publicação da *Antologia dos Poetas Brasileiros da Fase Parnasiana* e do *Guia de Ouro Preto*.
1940 – Ingresso na Academia Brasileira de Letras. Primeira publicação, pela Cia. Cari-

oca de Artes Gráficas, das *Poesias Completas*, com o acréscimo de *Lira dos Cinqüent'Anos*. Publicação de *Noções de História das Literaturas* e, em separata, de *A Autoria das Cartas Chilenas*.

1943 — Deixa o Colégio Pedro II e é nomeado professor de literatura hispano-americana na Faculdade Nacional de Filosofia.

1944 — Nova edição das *Poesias Completas*.

1945 — Publica *Poemas Traduzidos*, com ilustrações de Guignard.

1946 — Publica *Apresentação da Poesia Brasileira* e *Antologia dos Poetas Bissextos Contemporâneos*.

1948 — Nova edição das *Poesias Completas*, pela Casa do Estudante do Brasil, com o acréscimo de *Belo Belo*. Nova edição das *Poesias Escolhidas*, pela Pongetti. Primeira edição de *Mafuá do Malungo*, impressa em Barcelona por João Cabral de Melo Neto. Nova edição aumentada dos *Poemas Traduzidos* (Editora Globo, de Porto Alegre). Edição crítica das *Rimas*, de José Albano.

1949 — Publica *Literatura Hispano-Americana*. Traduz sóror Juana Inés de la Cruz (*El Divino Narciso*).

1952 — Publica *Opus 10*, pela Editora Hipocampo.

1954 — Publica os livros *Itinerário de Pasárgada* e *De Poetas e de Poesia*.

1955 — Publica *50 Poemas Escolhidos Pelo Autor* (MEC). Traduz *Maria Stuart*, de Schiller. Nova edição das *Poesias Completas*, pela José Olympio.

1956 — Escreve para a *Enciclopédia Delta-Larousse* um estudo sobre a versificação em língua portuguesa. Traduz *Macbeth*, de Shakespeare.

1957 – Publicação do livro de crônicas *Flauta de Papel*. Embarca em julho para a Europa. Visita a Holanda, Londres e Paris. Regressa ao Rio em novembro.

1958 – A Aguilar edita as obras completas em dois volumes: *Poesia* (que contém a primeira edição de *Estrela da Tarde*) e *Prosa*.

1963 – A José Olympio reedita *Estrela da Tarde*, acrescida de muitos poemas. Traduz *O Círculo de Giz Caucasiano*, de Brecht.

1966 – Primeira publicação da *Estrela da Vida Inteira*, pela José Olympio. Pela mesma casa, sai, organizada por Carlos Drummond de Andrade, *Andorinha, Andorinha*, reunião de crônicas do poeta.

1968 – Falece no Rio de Janeiro, no dia 13 de outubro.

BIBLIOGRAFIA

DE MANUEL BANDEIRA

A obra poética de Manuel Bandeira está reunida no volume *Estrela da Vida Inteira*, atualmente publicado pela Editora Nova Fronteira. Pela mesma editora, há uma *Seleta de Prosa*, organizada por Júlio Castañon Guimarães, que reúne boa parte da produção em prosa do poeta, inclusive o essencial *Itinerário de Pasárgada*, de que há também edição avulsa. Digna de nota ainda é a recente edição crítica, coordenada por Giulia Lanciani – *Libertinagem-Estrela da Manhã* (Coleção Archivos, 1998) –, que traz também uma ampla antologia comentada da recepção crítica do poeta.

Dois volumes fundamentais, contendo parte da correspondência do poeta, saíram recentemente: *Correspondência Mário de Andrade & Manuel Bandeira* (São Paulo: Edusp/IEB, 2000, organização de Marcos Antonio de Moraes) e *Correspondência de Cabral com Bandeira e Drummond* (Rio de Janeiro: Nova Fronteira/Casa de Rui Barbosa, 2001, organização de Flora Süssekind).

SOBRE MANUEL BANDEIRA

Mário de Andrade, "A Poesia em 1930". Em: *Aspectos da Literatura Brasileira*. São Paulo: Martins/MEC, 1972; p. 26-47.

Davi Arrigucci Jr., *Humildade, Paixão e Morte: a Poesia de Manuel Bandeira*. São Paulo: Companhia das Letras, 1991.

___, "O Humilde Cotidiano de Manuel Bandeira". Em: *Enigma e Comentário*. São Paulo: Companhia das Letras, 1987; p. 9-27.

___, "A Beleza Humilde e Áspera". Em: *O Cacto e as Ruínas*. São Paulo: Ed. 34, 2000; p.7-89.

Francisco de Assis Barbosa, *Manuel Bandeira – 100 anos de Poesia*. Recife: Pool Editorial, 1988.

Sonia Brayner (org.), *Manuel Bandeira. Fortuna crítica*. Rio de Janeiro: Civilização brasileira, 1980. [Contém textos de João Ribeiro, Sergio Buarque de Holanda, Otto Maria Carpeaux, Paulo Mendes Campos, Franklin de Oliveira e Haroldo de Campos, entre outros.]

Antonio Candido, "Carrossel". Em: *Na Sala de Aula*. São Paulo: Ática, 1985; p. 68-80.

Antonio Candido e Gilda de Mello e Souza, "Introdução". Em: Manuel Bandeira, *Estrela da Vida Inteira*. Rio de Janeiro: Nova Fronteira, 1993; p. 3-17.

Joaquim Francisco Coelho, *Manuel Bandeira Pré-Modernista*. Rio de Janeiro: José Olympio, 1982.

___, *Biopoética de Manuel Bandeira*. Recife: Massangana, 1981.

Júlio Castañon Guimarães, *Manuel Bandeira: Beco e Alumbramento*. São Paulo: Brasiliense, 1984.

Homenagem a Manuel Bandeira. Rio de Janeiro: Tipografia do Jornal do Commercio, 1936. [Há uma edição fac-similar, pela Metal Leve, de 1986. Contém textos de Prudente de Morais Neto, Ribeiro Couto, Lúcia Miguel Pereira, Murilo Mendes e Augusto Frederico Schmidt, entre outros.]

Ledo Ivo, *O Preto no Branco: Exegese de um Poema de Manuel Bandeira*. Rio de Janeiro: Livraria São José, 1955.

Telê Porto Ancona Lopez (org.), *Bandeira: Verso e Reverso*. São Paulo: T.A.Queiroz, 1987. [Contém textos de Alcides Villaça, Norma Goldstein e Mário de Andrade, entre outros.]

Emanuel de Moraes, *Manuel Bandeira (Análise e Interpretação Literária)*. Rio de Janeiro: José Olympio, 1962.

Yudith Rosenbaum, *Manuel Bandeira: uma Poesia da Ausência*. Rio de Janeiro: Imago/Edusp, 1993.

Maximiano de Carvalho e Silva (org.), *Homenagem a Manuel Bandeira, 1986-1988*. Niterói: UFF/Presença, 1989. [Contém textos de Carlos Drummond de Andrade, Antonio Candido, Joaquim Pedro de Andrade, José Guilherme Merquior e Cyro dos Anjos, entre outros.]

Primeira edição do Mafuá do Malungo, que "consta de cento e dez exemplares em papel de linho" e "foi impressa para os amigos de Manuel Bandeira por João Cabral de Melo. Barcelona, 1948"

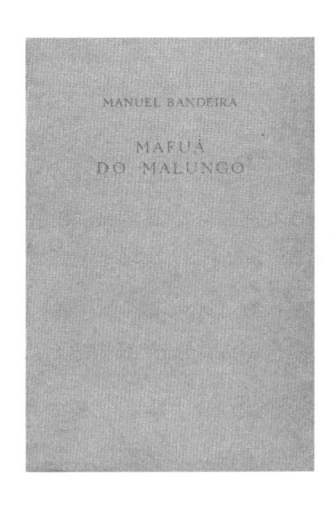

SOBRE O AUTOR

Murilo Marcondes de Moura é professor de literatura brasileira da Universidade Federal de Minas Gerais e autor de *Murilo Mendes: a Poesia Como Totalidade* (São Paulo: Edusp/Giordano, 1995).

FOLHA
EXPLICA

Folha Explica é uma série de livros breves, abrangendo todas as áreas do conhecimento e cada um resumindo, em linguagem acessível, o que de mais importante se sabe hoje sobre determinado assunto.

Como o nome indica, a série ambiciona *explicar* os assuntos tratados. E fazê-lo num contexto brasileiro: cada livro oferece ao leitor condições não só para que fique bem informado, mas para que possa refletir sobre o tema, de uma perspectiva atual e consciente das circunstâncias do país.

Voltada para o leitor geral, a série serve também a quem domina os assuntos, mas tem aqui uma chance de se atualizar. Cada volume é escrito por um autor reconhecido na área, que fala com seu próprio estilo. Essa enciclopédia de temas é, assim, uma enciclopédia de vozes também: as vozes que pensam, hoje, temas de todo o mundo e de todos os tempos, neste momento do Brasil.

1	MACACOS	Drauzio Varella
2	OS ALIMENTOS TRANSGÊNICOS	Marcelo Leite
3	CARLOS DRUMMOND DE ANDRADE	Francisco Achcar
4	A ADOLESCÊNCIA	Contardo Calligaris
5	NIETZSCHE	Oswaldo Giacoia Junior
6	O NARCOTRÁFICO	Mário Magalhães
7	O MALUFISMO	Mauricio Puls
8	A DOR	João Augusto Figueiró
9	CASA-GRANDE & SENZALA	Roberto Ventura
10	GUIMARÃES ROSA	Walnice Nogueira Galvão
11	AS PROFISSÕES DO FUTURO	Gilson Schwartz
12	A MACONHA	Fernando Gabeira
13	O PROJETO GENOMA HUMANO	Mônica Teixeira
14	A INTERNET	Maria Ercilia
15	2001: UMA ODISSÉIA NO ESPAÇO	Amir Labaki
16	A CERVEJA	Josimar Melo
17	SÃO PAULO	Raquel Rolnik
18	A AIDS	Marcelo Soares
19	O DÓLAR	João Sayad
20	A FLORESTA AMAZÔNICA	Marcelo Leite
21	O TRABALHO INFANTIL	Ari Cipola
22	O PT	André Singer

23	O PFL	Eliane Cantanhêde
24	A ESPECULAÇÃO FINANCEIRA	Gustavo Patú
25	JOÃO CABRAL DE MELO NETO	João Alexandre Barbosa
26	JOÃO GILBERTO	Zuza Homem de Mello
27	A MAGIA	Antônio Flávio Pierucci
28	O CÂNCER	Riad Naim Younes
29	A DEMOCRACIA	Renato Janine Ribeiro
30	A REPÚBLICA	Renato Janine Ribeiro
31	RACISMO NO BRASIL	Lilia Moritz Schwarcz
32	MONTAIGNE	Marcelo Coelho
33	CARLOS GOMES	Lorenzo Mammì
34	FREUD	Luiz Tenório Oliveira Lima
35	MANUEL BANDEIRA	Murilo Marcondes de Moura
36	MACUNAÍMA	Noemi Jaffe

Este livro foi composto nas fontes Bembo
e Geometr 415 e impresso em novembro
de 2001 pela Donnelley Cochrane – Brasil,
sobre papel offset 90 g/m², com fotolitos
fornecidos pela Publifolha.